Susanne Niemeyer

Der Stolperengel

SUSANNE NIEMEYER

Der Stolperengel

Funkelnagelneue Weihnachtsgeschichten

Mit Illustrationen von Nina Hammerle

HERDER

FREIBURG · BASEL · WIEN

MIX
Papier | Fördert gute Waldnutzung
FSC® C011124
FSC
www.fsc.org

Hermann-Herder-Str. 4, 79104 Freiburg im Breisgau

http://www.herder.de
Bei Fragen zur Produktsicherheit wenden Sie sich an:
produktsicherheit@herder.de

Covermotiv und Innenillustrationen: Nina Hammerle
Covergestaltung: Sabine Hanel, Gestaltungssaal

Satz: Carsten Klein, Torgau
Herstellung: Mohn Media Mohndruck GmbH

Printed in Germany

ISBN Print 978-3-451-39409-6
ISBN EPUB 978-3-451-83380-9

Lieber Engel,

ich glaube nicht an Engel.
Bist du trotzdem zuständig?

FXCK

1. Fingerzeig

Mütze ist schlecht gelaunt. Aber das ist nichts Besonderes. Mütze ist immer schlecht gelaunt. Mütze heißt auch nicht wirklich Mütze, sondern Michael, aber weil er jedem, der ihm querkommt, was auf die Mütze gibt, heißt er jetzt so. Heute ist Mütze besonders schlecht gelaunt, weil Oma Traute ihn daran erinnert hat, dass Weihnachten ist und er gefälligst um vier in frischem Hemd auf der Matte zu stehen hat. Gegen Oma Traute ist Mütze machtlos. Oma Traute ist der Sheriff unter den Omas. Außerdem gibt es bei ihr Schwarzwälder Kirsch. Mütze kippt ein Bier, weil er jetzt klar denken muss. Vor ihm liegen ein Euro und sieben Cent und Oma Traute erwartet ein Geschenk. Dafür gibt's nichts. Und selbst wenn. Bis auf die Tanke unten an der Umgehungsstraße hat alles zu. »Scheißkapitalismus«, flucht Mütze, weil irgendwer ja Schuld daran sein muss, dass er kein Geld hat. »So weit ist's schon gekommen, dass die Alten leer ausgeh'n!« Er pult die letzte Scheibe Jagdwurst aus der Packung, trinkt noch einen Schluck Bier und kaut. Dann weiß er auch nicht weiter. »Rufus!

Bei Fuß«, brüllt er, und eine Dusche kleiner Jagdwurstfetzen geht auf den Teppich nieder. Aber Rufus hat sich schon vor drei Monaten einen anderen Futternapf gesucht. Nur dass Mütze das nicht wahrhaben will. Was für einen Grund sollte so ein verdammter Köter wohl haben, einfach abzuhauen. »Haben bestimmt die Sch***-Ausländer geklaut«, brüllt er.

»Aber, aber«, mischt sich eine unbekannte Stimme ein. »Fürchte dich nicht. Ich verkünde dir große Freude!«

Mütze ist es erstens nicht gewohnt, dass man ihm widerspricht. Und zweitens hat hier eine zweite Stimme nichts zu suchen. Er rappelt sich auf, um nach dem Baseballschläger zu greifen, seiner verlässlichen Problemlösestrategie. Doch ein Finger hält ihn im Sessel. Ein ausgesprochen zarter Finger. Die Person, zu der er gehört, trägt ein weißes Gewand. Über ihrem Kopf leuchtet ein Stern. Mütze schnappt nach Luft. »Was bist du denn für 'ne Flitzpiepe? Wenn du bis drei nicht Land gewinnst, mach ich Brei aus dir!«

»Nana«, sagt die Gestalt. »Friede auf Erden!«

Mütze will aufspringen, aber da ist ja dieser Finger auf seiner Brust. Der hat eine Kraft, gegen die Mütze nicht ankommt. Also faucht er bloß: »Deinen Frieden kannste dir sonst wo hinstecken. Wer bist du eigentlich?«

»Ein Engel«, sagt der Engel.

Mütze spuckt aus. »Ich glaub nicht an Engel.«

»Und ich glaube nicht an schlecht gelaunte Menschen«, sagt der Engel. »Und dennoch bist du da.«

Für einen Moment ist Schweigen. Mütze muss die neue Situation erst einordnen. Es gelingt ihm nicht.

»Dann zeig mal, was'n Engel so kann«, sagt er und hört selbst, dass das lahm klingt.

»Was soll ich denn zeigen?«, fragt der Engel.

»Na Wunder oder so. Weiß ich doch nicht, was ihr Engel könnt. Rettet ihr nicht dauernd wen?«

Der Engel sieht sich um. Außer Mütze und einem Poster von Bruce Willis ist niemand da. »Wovor soll ich dich denn retten, Michael?«

Michael hat ihn schon lange niemand mehr genannt. Nur Oma manchmal an guten Tagen. Was Mütze direkt wieder zu diesem vermaledeiten Geschenk bringt.

»Ich brauch was zum Schenken«, sagt er.

Der Engel nickt und kann seine Überraschung nicht völlig verbergen. Diese Wendung hat er nicht kommen sehen. Selbst als Engel nicht. »Und sie brachten Gold, Weihrauch und Myrrhe«, murmelt er.

»Hä? Biste doof? Wo soll ich denn das Gold hernehmen? Ach – Moment!« Mütze springt auf. »Willst du die Tanke überfallen? Also die haben 'nen Safe, da kommen nicht mal Polen-Böller gegen an. Aber du hast ja bestimmt ganz andere Fähigkeiten, das könnte klappen …« Mützes Stimme macht fast einen Looping.

»Halt, Michael.« Wieder liegt der Finger auf seiner Brust und schiebt ihn zurück in den Sessel.

Weiter weiß der Engel auch nicht, aber das darf er sich nicht anmerken lassen.

»Ich heiße übrigens auch Michael«, sagt er.

»Du verarschst mich. Engel heißen nicht Michael.«

»Und ob«, sagt der Engel.

Mütze schweigt und mustert ihn aus schmalen Äuglein.

»Ich bin wie du«, sagt der Engel.

»Nä«, bölkt Mütze, »dann kämst du nicht aus'm Himmel.«

»Komme ich aber. Und wenn ich wie du bin, dann kannst du sein wie ich.«

Der Engel lässt einige Sekunden verstreichen, bis die Botschaft angekommen ist.

Dann holt er ein Hemd aus dem Schrank. »Zieh an. Oma wartet.«

Tatsächlich streift Mütze das Hemd über und stopft es in seine Armeehose.

»Und wo krieg ich jetzt mein Geschenk her?«

»Das Geschenk bist du«, sagt der Engel, und Mütze überlegt, was das bedeutet.

»Gehen wir?« An der Tür nimmt der Engel den Stern und heftet ihn an Mützes Brust. Direkt überm Herz. »Steht dir«, sagt er und verschwindet in der Dämmerung.

NEIN

2. Maria sagt Nein

Als Herr Gott beschließt, eine Familie zu gründen, sucht er sich eine Frau aus. Sie heißt Maria. »Maria«, sagt Herr Gott, »ich werde dich schwängern.« Herr Gott fragt nicht. Fragen ist nicht seine Sache. Warum auch? Bisher haben alle gehorcht.

Aber Maria sagt trotzdem: »Nein.«

Das ist Herr Gott nicht gewohnt. Er hat einen Plan. Sein Sohn (natürlich wird es ein Sohn!) soll die Welt retten. Oder Fußballprofi werden. (Am Ende wird aus beidem nichts, aber so ist das mit großen Plänen.)

Maria sagt: »Ich will nicht« und erklärt sich nicht näher, weil sie findet, das braucht sie nicht.

Von Eva hat sie ihren freien Willen geerbt.

»Und wohin hat uns das gebracht?«, fragen die Nachbarinnen, die mindestens drei Kinder haben und kein Ende in Sicht. Von Paradies kann da wirklich keine Rede mehr sein.

Maria mag die Kinder und die Nachbarinnen, aber von Vergleichen hält sie nichts.

Herr Gott versteht das Problem nicht. Er hat alles weise geordnet. Die Schöpfung ist schließlich keine Pro- und Contra-Debatte. Er ist von der Situation überfordert. Widerstand ist ihm zwar nicht gänzlich unbekannt, normalerweise reagiert er mit Sintflut, Plagen oder großen Walfischen darauf. Aber in diesem Fall wäre das im Hinblick auf seine Familienplanung hinderlich.

»Aber du kannst dich nicht weigern. Du musst«, sagt Herr Gott darum etwas hilflos.

»Und warum?«, fragt Maria.

»Weil das deine Bestimmung ist«, sagt Herr Gott.

»Aha«, sagt Maria und lässt sich ihre Bestimmung durch den Kopf gehen. »Ich möchte lieber Architektur studieren und schöne Kirchen bauen.«

Herr Gott holt tief Luft. Mit Menschen, die große Bauwerke planen, hat er schlechte Erfahrungen gemacht. Auch wenn er gegen Kirchen nichts einzuwenden hat. »Kannst du das nicht den Männern überlassen? Irgendwer muss die Kinder kriegen. Denn wenn es keine Kinder mehr gibt, gibt es auch keine Menschen mehr, die in Kirchen gehen.«

Maria erkennt das Problem. Sie ist ja klug. Auch das hat sie von Eva geerbt.

»Das heißt, du brauchst mich?«

»Ja«, sagt Herr Gott.

»Dann sag das doch«, sagt Maria.

»Bitte«, sagt Herr Gott.

Maria horcht auf. »Bitte« ist ein Menschenwort. Es gehörte bisher nicht zu Herrn Gottes Sprachschatz.

»Sag es noch einmal«, bittet Maria.

»Bitte«, sagt Herr Gott.

Und so wird Gott Mensch. Ganz von selbst.

3. Omas Superkraft

Der erste Advent ist ein trüber Novembertag. Kim und Emma stehen an Omas Bett und Kim denkt: »Das ist so typisch für Oma, dass sie im Advent beschließt zu sterben.«

»Ich seh schon die Lichter im Himmel«, lacht Oma und schaut zum Fenster. Seit gestern hängt draußen die Weihnachtsbeleuchtung. Ein bisschen Licht tut gut, das findet auch Kim und strafft die Schultern. Jetzt bloß stark sein.

»Ach stark«, sagt Oma, »immer diese olle Stärke. Wem willst du was beweisen? Guck mich an: Ich schaffe es nicht mal mehr, die Kaffeetasse zu heben. Willst du etwa, dass ich so tue, als sei ich morgen wieder topfit?«

Omas Superkraft war schon immer Gedankenlesen. Kim schaut auf ihre dünnen Handgelenke.

»Kind«, sagt Oma. »Ich sag dir eins: Wenn du glücklich sein willst, tu nicht immer so, als sei alles in Butter. Stärke ist eine Aufschneiderin. Such dir eine andere Superkraft.«

Kim ist natürlich längst kein Kind mehr. Wer im zweiten Semester studiert, ist offiziell erwachsen. Kims kleine Schwester Emma geht in die dritte Klasse. Sie hat noch nie jemanden sterben sehen. Aber mit Superkräften kennt sie sich aus.

»Kannst du fliegen, wenn du im Himmel bist?«

Oma lächelt ihr Omalächeln. »Bestimmt. Das ist ja wohl das Mindeste … So, und nun singt mir mal was vor. Damit ich noch 'n büschen Weihnachten erlebe …«

Emma und Kim singen: »Alle Jahre wieder kommt das Christuskind / auf die Erde nieder, wo wir Menschen sind …« Bei »Geht auf allen Wegen« stirbt Oma, aber Emma und Kim singen tapfer weiter.

Samstag vorm dritten Advent wird Oma begraben. Im Ganzen, so hat sie das gewollt. Ein letztes Mal das Ausgehkleid tragen, mit Silberbrosche und Fuchsschwanz. Kim hat noch Omas Stimme im Ohr: »Wird ja auch Zeit, dass der endlich unter die Erde kommt.« Vielleicht ist Humor auch eine Superkraft, denkt Kim und wirft einen Schokonikolaus ins offene Grab. Vollmilch natürlich. Bitteres gibt es ohnehin schon genug. Anschließend gibt es Glühwein und Kinderpunsch für alle.

»Prost, Emma«, sagt Kim. »Jetzt soll Weihnachten werden. Da wird alles gut. Die Omi guckt von oben zu, und wenn sie Lust hat, lässt sie's schneien.«

»Glaub ich nicht. Oma fand Schnee doof. Weil sie da immer schippen musste.«

Am nächsten Morgen ist nichts gut. Kims Schädel dröhnt vom Glühwein, und die Zunge fühlt sich pelzig an. Das Radio dudelt »Last Christmas«.

Bloß nicht, denkt Kim. Ich glaube, dieses Jahr fällt Weihnachten aus.

»Und nun schalten wir live zum Sonntagsgottesdienst in die Erlöser-Kirche in Klein-Machendorf«, verkündet der Radiosprecher. Ein Chor singt, und anschließend liest jemand mit enthusiastischer Stimme: »Denn uns ist ein Kind geboren, und die Herrschaft ist auf seiner Schulter; und es heißt Wunder-Rat, Gott-Held, Ewig-Vater, Friede-Fürst …«

So ein Unsinn, denkt Kim. Welche Superkraft soll denn ein neugeborenes Baby haben?

»Finde es heraus«, sagt Oma. Dabei kann Oma doch gar nichts mehr sagen.

»Ich will Weihnachten nicht ohne Oma feiern«, sagt Emma. »Das ist doof. Wer schickt jetzt dem Christkind unsere Wunschliste? Ich weiß doch gar nicht, wo es wohnt. Das wusste nur Omi.«

Kim seufzt. »Ich weiß das auch nicht. Oma hat gesagt, wir müssen uns jetzt eine eigene Superkraft suchen.«

»Was hat sie damit gemeint?«

»Findet es heraus.«

Kim hört Omas Stimme ganz genau. Diesmal hat auch Emma sie gehört. Obwohl das doch gar nicht möglich ist. Aber so was hat Oma noch nie gestört.

»Weißt du was?«, fragt Kim. »Wir gehen einfach los. Wir suchen eine Superkraft, mit der es Weihnachten wird.«

Sie holen Mützen und Schal, schalten das Radio aus und ziehen die Tür hinter sich zu. Die Straße ist leer, es ist ja Sonntag. Aber als sie an einer Kirche vorbeikommen, läuten die Glocken. Menschen kommen raus, offenbar ist gerade der Gottesdienst zu Ende.

»Komm«, sagt Kim. »Wir schauen, ob es da drin eine Superkraft gibt.«

Es riecht nach Kerzen und Menschen. Eine Frau sammelt Liederzettel ein. »Da«, flüstert Emma. »Der Mann im Kleid, das ist bestimmt ein Engel.«

»Nee«, flüstert Kim zurück, »das ist der Pastor.«

Emma läuft zu ihm. »Hallo Herr Pastor, unsere Omi ist tot und jetzt können wir nicht Weihnachten feiern.«

Kim räuspert sich: »Also unsere Oma hatte nämlich Superkräfte, sozusagen.«

»Sie konnte einfach alles! Sogar Gedanken lesen!«

Der Pastor räuspert sich. »Das kann der liebe Gott noch viel besser.« Er zeigt auf einen Mann, der an einem Kreuz hängt und Schmerzen zu haben scheint.

Emma guckt ihn prüfend an: »Aber … der ist doch aus Holz.«

Der Pastor nickt. »Das macht nichts. Du kannst ihm alles sagen. Sogar deine Sünden.«

»Was ist eine Sünde?«, fragt Emma.

»Alles, was du falsch gemacht hast. Aber Jesus hat dich trotzdem lieb.«

Dann verabschiedet sich der Pastor, seine Frau warte zu Hause mit dem Mittagessen.

»Hab ich was falsch gemacht?«, fragt Emma, und ihre Stimme klingt plötzlich verloren zwischen den hohen Säulen.

»Was? Süße, nein. Wie kommst du denn darauf?«

»Weil der Pastor das gesagt hat …«

Kim schließt die Augen. Dahinter ist es dunkel. Auf Kims Herz liegt eine riesengroße Traurigkeit. Aber Sünde? Kim fröstelt und schaut nach oben, wo die Säulen irgendwo im Halbdunkel enden, und fühlt sich plötzlich klein und verloren. Größe ist keine Superkraft.

»Komm«, sagt Kim. »Wir suchen woanders weiter.«

Emma nickt: »Oh ja. Und wenn wir unsere Superkraft gefunden haben, dann erzählen wir dem Holz-Mann davon. Er sieht traurig aus.«

Nachmittags essen sie zwei Stück Bäckertorte und denken an Oma. Kim scrollt im Internet. »Hier. Morgen gehen wir zu einer Lebensberaterin. Vielleicht kennt die sich mit Superkräften aus.«

Emma fragt: »Häh? Was ist denn eine Lebensberaterin?«

»Das finden wir heraus.«

Die Adresse führt sie zu einem unscheinbaren Haus. An der Tür hängt ein Schild: »Coachin für inneres Wachstum.« Beim Eintreten riecht es nach Lavendelöl. Die Coachin sagt »Herzlich willkommen« und fragt, wie sie helfen könne. »Möchtest du in der Zwischenzeit spielen, Kleines?«

Emma erwidert, dafür habe sie jetzt keine Zeit. »Wir suchen nämlich eine Superkraft. Weil unsere Omi gestorben ist.«

»Und jetzt wissen wir nicht, wie wir ohne sie Weihnachten feiern«, ergänzt Kim. »Wer kümmert sich um alles?«

»Du musst dein inneres Kind finden«, rät die Coachin. »Stille seine Bedürfnisse.«

Emma fragt: »Häh? Was für ein Kind?«

Die Coachin erklärt: »Das verstehst du, wenn du größer bist«, und wendet sich wieder Kim zu: »Wir denken dauernd an andere. Besonders an Weihnachten. Jetzt bist du an der Reihe. Sorge für dich. Vielleicht kannst du die Kleine ja über die Feiertage zu Verwandten geben?«

»Was?«, fragt Kim. »Nein …«

»Schau«, unterbricht sie die Coachin, »ich empfehle diese Achtsamkeitsöle zum Preis von 89 Euro 90. Mit ihnen wirst du zu dir kommen.«

Emma sagt: »Ich will nirgendwo anders hin.«

»Es geht nicht immer nur um dich«, erwidert die Coachin auf sanfte Art bestimmt. »Das musst du lernen, Kleines.«

»Aber Sie sagten doch gerade …«, beginnt Kim und schüttelt den Kopf. »Egal, wir gehen. Vielen Dank, das hier ist wohl nicht das Richtige für uns.« Auf dem Nachhauseweg denkt Kim über Achtsamkeit nach. Das klingt so sanft, nach einer Welt, in der Menschen höflich die Türen aufhalten und die Nächsten lieben wie sich selbst. Allerdings hat Kim ganz schön oft Leute erlebt, die von Achtsamkeit reden und dann vor allem auf sich selbst achten.

Emma fragt: »Welche Superkraft gab es bei der Frau?«

»Egoismus. Aber das ist auch keine Superkraft.«

Die Tage vor Weihnachten sind gefüllt mit Besorgungen und Vorbereitungen. Ohne Oma scheint es fast unmöglich, an alles zu denken. Gerade als Kim sich fragt, ob Emma einen batteriebetriebenen

Taschenwärmer aus Ökofilz braucht, ist da plötzlich wieder Omas Stimme: »Hast du vergessen, was du suchst? Meine Superkraft war doch nicht, so'n Plünn zu finden. Hier hast du ein Zeichen: Du wirst finden ein Kind in Windeln gewickelt und in einer Krippe liegen. Und du kannst sicher sein: In diesem Kaufhaus ist es nicht.«

Kim sieht sich um, aber niemand anderes scheint die Stimme zu hören. Außerdem wusste Kim gar nicht, dass Oma so bibelfest war. Vielleicht jetzt, wo sie im Himmel ist …

Für den Nachmittag hat Kim versprochen, mit Emma auf den Weihnachtsmarkt zu gehen. Santa Claus hat sein Kommen für 17 Uhr 15 angekündigt.

Unterwegs fragt Emma: »Welche Superkraft hat eigentlich der Weihnachtsmann?«

Aber Kim ist abgelenkt. Vor einer Halle stehen Leute. Viele Leute. Beim Näherkommen hört Kim Satzfetzen in einer fremden Sprache. »Welcome« steht auf einem selbst gemalten Schild und darunter: Helfer*innen gesucht. Kim und Emma bleiben stehen. Neugierig schauen sie durch die Tür. Drinnen herrscht ein ziemliches Gewusel. Brötchen werden verteilt, Betten aufgebaut. Eine Frau hält in der rechten Hand ein Klemmbrett und im linken Arm ein Baby. Sie läuft auf Kim zu: »Dich schickt der Himmel. Hier, halt mal.«

Bevor die beiden irgendwas sagen können, drückt sie Kim das Baby in den Arm. Es ist winzig, so winzig klein, und Kim hat fürchterliche Angst, es fallen zu lassen. Wieder ist da Omas Stimme: »Fürchte dich nicht.« Also hält Kim das Baby ganz vorsichtig, seine Haut ist weich und riecht nach Milchreis und ein bisschen nach Rosenblättern.

Oma sagt: »Siehst du. Euch ist heute der Heiland geboren. Das ist das Zeichen. Das Lütte kann nichts, außer da sein. Es braucht euch.«

Emma streichelt die winzige Hand und flüstert: »Wir müssen es beschützen.« Plötzlich leuchten ihre Augen auf. »Jetzt weiß ich, was unsere Superkraft ist: Liebhaben.«

An diesem Abend kommen die beiden spät nach Hause. Kim macht Kakao heiß, und Emma holt ihren Block mit Sternchenpapier. Sie beginnt mit Glitzertinte zu schreiben: »An Oma im Himmel«. Kim setzt sich zu ihr.

Zusammen schreiben sie weiter: »Liebe Oma, draußen ist es dunkel. Wir haben eine Kerze angezündet. Unsere Gesichter spiegeln sich im Fenster. Siehst du uns von der anderen Seite? Stell dir vor: Wir haben unsere Superkraft gefunden. Ein Baby hat sie uns gezeigt. Es ist winzig klein. Wir waren auch mal so klein oder? Da hast du uns im Arm gehalten. Jetzt halten wir dich. In unserem Herz. Wir haben dich lieb, bis zum Himmel und zurück.«

4. Kinderspiel

Als am 24. Dezember der Krieg fortgesetzt werden soll, geht Marie in die Kommandozentrale des Heeres und sagt zu ihrem Gatten, dem General: »Hier, dein Kind.« Sie legt den Säugling in seinen Arm, händigt ihm ein Fläschchen trinkwarme Milch, Windeln und ein Plüschkrokodil aus.

Der General ist so überrascht, dass ihm kein einziger Befehl einfällt: »Aber wie stellst du dir das vor? Ich kann nicht, ich habe zu tun!«

»Ich auch«, erwidert Marie. »Du bist dran.«

Die Tür schließt sich hinter ihr, und da steht der General mit einer Packung Windeln und einem Plüschkrokodil, und bevor er sich einen Überblick über die Lage verschaffen kann, beginnt das Kindlein erst zu jammern, dann zu schreien, sodass es dringend herauszufinden gilt, wie es zu beruhigen ist. Bei dieser Art von Lärm lässt sich unmöglich ein anständiger Krieg führen. Das Kind muss befriedet werden. Was nicht unbedingt zu den Kernkompetenzen des Generals gehört. Außerdem kommt es sehr ungelegen. Krieg ist schließlich kein Kinderspielplatz, und der Gegner wartet nicht, bis ein Säugling gewickelt ist.

Eine Tagesmutter aufzutreiben, erweist sich in der Eile als aussichtslose Mission. Tagesmütter gehören nicht zum Profil einer Armee, weswegen der General den Gefreiten Kösters zur Betreuung abkommandiert. Überraschenderweise ist der Gefreite nicht abkömmlich. Er hält bereits selber zwei Babys im Arm. Zwillinge, geboren am Nikolaustag. Überdies hört man, habe auch der Feind Probleme mit Babys. Ob man die Schlacht verschieben könne, am besten auf die Stunde während des Mittagsschlafs, dann allerdings ohne schweres Geschütz, um die Kleinen nicht zu wecken. Schlecht gelaunte Säuglinge stellen ein erhebliches Sicherheitsrisiko dar.

An ein geordnetes Kriegsgeschehen ist nicht mehr zu denken. Aufklärer des Heeres bringen übereinstimmende Kunde: Sämtliche Frauen inner- und außerhalb der Landesgrenzen seien aufgebrochen und haben den Männern Babys in die Arme gedrückt: »Hier ist dein Kind. Hier ist deine Nichte, dein Neffe. Brüderchen und Schwesterchen.« Nach Angaben des Geheimdienstes liegen nun Hunderte, nein Tausende Säuglinge in Uniformsarmen, um gefüttert, gewickelt, gewiegt zu werden. Auch Terroristen und Söldner, heißt es, seien außer Gefecht gesetzt und haben alle Hände voll zu tun, um Milch zu wärmen und hungrige Münder zu stillen, sodass an einen anständigen Krieg überhaupt nicht mehr zu denken ist. Der General ist außer sich. Auf eine derartige Situation ist er nicht vorbereitet. Es bräuchte einen Krisenstab, aber im Augenblick ist der General mit einer erheblich größeren Krise beschäftigt: Das Plüschkrokodil ist verschwunden, und wenn es nicht innerhalb der nächsten dreieinhalb Minuten wieder auftaucht, droht die Welt unterzugehen. Er weiß nicht, wo ihm der Kopf steht.

Die Befehlskette funktioniert nicht mehr. Der Herrscher des Landes jagt gleich drei Säuglingen hinterher, die über das Muster seines seidenen Teppichs krabbeln. Sein Motto war immer: Je mehr Kinder, desto besser, und deshalb hatte er zur Sicherheit Cynthia, Olivia und Diane gleichzeitig befruchtet. Aber damals hatte er ja nicht ahnen können, wohin das führen würde. Dass er die Saat seiner Lenden nun plötzlich selbst an der Backe beziehungsweise in den Armen hatte. Von wo aus sie immer wieder entflutschte, es war schlicht unmöglich, drei Säuglinge gleichzeitig zu halten. Er brüllt, sein Berater möge erscheinen, aber plötzlich. Aber Brüllen ist keine gute Idee, weil die Babys direkt einstimmen. Der Lärm übertrifft jeden Tornado, und außerdem ist der Berater damit beschäftigt, seine eigene Zweijährige einzufangen, die gerade im Begriff ist, mit einer Handgranate Fußball zu spielen.

Überall sind plötzlich Kinder, winzige, quirlige, sehr lebendige Kinder, dass man keine Hand mehr frei hat, um ein Maschinengewehr zu bedienen. Und niemand, wirklich niemand will seinen Platz im Panzer mit einem Säugling in voller Windel teilen.

Es ist ein Albtraum.

An Krieg ist wirklich nicht mehr zu denken.

Frohe Weihnachten.

5. Die Wunschmaschine

Als die Wunscherfüllungsmaschine serienmäßig in Produktion ging, hatte sie einen Haken: Sie funktionierte nicht. Dabei war die Idee bestechend: Man gibt einfach einen Wunsch im Display ein, und die Maschine spuckt das entsprechende Objekt aus. Fahrrad, Laserschwert, lebensgroßer Superheld – alles ist möglich. Vorbei die Zeit unleserlicher Wunschzettel, der Besorgungsengpässe, weil alle Krawatten ausverkauft sind. Vorbei der Originalitätsdruck, das richtige Buch, Parfum, Schaukelpferd zu finden. Keine Enttäuschung mehr unterm Tannenbaum. Alle kriegen, was sie wollen, zum Selbstabholen. Fürs Erste sollten nur materielle Wunscherfüllungen möglich sein, jedoch wurde bereits an der Erfüllung nicht materieller Wünsche gearbeitet (Weltfrieden! Liebesglück! Minecraft-Highscore!). Aber das eilte nicht. Die Marketingabteilung hatte herausgefunden, dass es sich bei 87,3 Prozent aller Weihnachtswünsche um materielle, also machbare Dinge handelte. Und darum würde sich nun die Maschine kümmern. In tausendfacher Ausführung sollte sie auf jedem Marktplatz stehen. Es sollte der Beginn eines neuen Zeitalters sein, eines Zeitalters, in dem unerfüllte Wünsche der Vergangenheit angehörten. In dem Warten, Hoffen, Bangen ein Ende haben würden. Eine Art egalitärer Materialismus, bei dem keine Großmutter sich umständlich die Wünsche von Klein-Leo erklären lassen muss.

Aber die Maschine streikte.

Entwicklerinnen rätselten, wo der Fehler liegen könnte. Die Aktienkurse, die anfangs steil in den Himmel stiegen, fielen ins Nichts. Die Maschine war ein Flop. Egal, was man eingab, immer erschien im Display: »Wunsch nicht erkannt.« Kinder weinten, Mütter fluchten, Väter waren insgeheim erleichtert (denn sie wussten sowieso nicht, was sie sich wünschen sollten).

Weihnachten kam und ging vorüber wie alle Jahre. Geschenke wurden gekauft, Geschenke wurden umgetauscht. Nach Weihnachten geriet die Maschine in Vergessenheit. Tauben nutzten sie als Landeplatz. Die unvermeidlichen Graffiti tauchten auf. Das Lieferfach wurde zum Mülleimer. Im Januar wurden die Lichterketten abgenommen. Es wurde Februar, im Februar wünscht sich sowieso niemand was. Es wurde März, der Frühling brachte viel Regen und ließ die Schrift der Wunscherfüllungsmaschine verwittern. Schließlich löste sich der Buchstabe »e« und fiel zu Boden. Das »r«

folgte. Das wäre wahrscheinlich niemandem aufgefallen, wäre nicht ein Kind stehen geblieben. Es buchstabierte: »*Wunsch-füllungs-maschine*. Guck mal, Mama, da kann man Wünsche reintun!« Die Mutter wollte das Kind weiterziehen, weil die Maschine schmuddelig aussah.

»Nicht anfassen«, mahnte sie, aber das Kind bestand darauf, diese Maschine auszuprobieren, und zwar jetzt und sofort. »Sie ist kaputt«, erklärte die Mutter ungeduldig.

Aber das Kind hatte den Lieferschlitz entdeckt, fasste hinein und rief: »Ist gar nicht kaputt! Ich will da einen Wunsch reinstecken!«

Also kramte die Mutter Zettel und Stift aus ihrer Tasche, und das Kind schrieb einen Wunsch auf das Papier (streng geheim).

Das sah ein anderes Kind und rief: »Papa, ich will auch!«

Mehr Kinder kamen, Papier wurde geteilt, Stifte wurden weitergegeben, und schließlich fingen auch die ersten Erwachsenen an, ihre Wünsche aufzuschreiben und in den Schlitz zu stecken. Die Tauben wunderten sich. Die Sache sprach sich rum. Auf einmal schien die Maschine zum Leben erweckt. Die Tageszeitung brachte einen Artikel, dass offenbar der Fehler behoben sei, die Wunschfüllungsmaschine habe plötzlich, im April, ihren Betrieb aufgenommen. Immer mehr

Menschen kamen und steckten Zettel hinein. Jemand wischte den Taubendreck ab. Ein Sprayer sprühte rosa Wolken und ein Kind, das wie Sterntaler zum Himmel sah. Die beiden heruntergefallenen Buchstaben spielten plötzlich keine Rolle mehr. Wer braucht schon Erfüllung, wenn man Wünsche hat. Und wie viele es waren! Wer hätte gedacht, dass es so viele Wünsche gibt – und kein einziger ging verloren. Der Bauch der Maschine schien unendlich zu sein. Zettel für Zettel, Wunsch für Wunsch wanderten hinein. Die Maschine verwandelte sich. Plötzlich hatte sie etwas Magisches. Vor allem verwandelte sie die Menschen. Sie zauberte Vorübergehenden ein Lächeln aufs Gesicht, weil sie sich plötzlich an einen Wunsch erinnerten. Wildfremde Menschen begannen, miteinander zu reden und sich von ihren Wünschen zu erzählen. Über Nacht stellte jemand eine Bank auf. Die Kita Regenbogen bastelte eine Solarlaterne. Selbst die Tauben waren plötzlich geduldet. Ob jemals einer der Wünsche in Erfüllung ging, ist nicht überliefert. Aber an kalten Tagen konnte es passieren, dass jemand im Vorübergehen seine Hand über das Metall gleiten ließ und eine Wärme spürte wie von tausend Herzen und sich wunderte, wie das sein kann.

6. Wichtelgeschenk

Es ist der 1. Dezember, als der Schreckenssatz jeder Adventszeit fällt: »Lasst uns wichteln!« Ich erwäge eine halbe Spekulatiuslänge alle möglichen Auswege, aber die einzige Art, dem jährlichen Wichteln zu entkommen, wäre, in eine andere Galaxie auszuwandern. Und wer weiß, was sie dort für Bräuche haben.

Wichteln ist eine Tradition direkt aus der Hölle. Denn die Hölle ist kein loderndes Feuer, die Hölle ist kein Lavaschlund. Die Hölle ist ein Kabinett aller Wichtelgeschenke unter fünf Euro, und jedes einzelne musst du kennen, lieben, nutzen und hegen.

Ich seufze, und das wird als Zustimmung gewertet. Am Nikolaustag soll es so weit sein. Wichteln mit Glühwein, Schokoladen-Fondue und den besten Weihnachtshits auf Spotify. So richtig hygge also. Das einzig akzeptable Wichtelgeschenk, das ich kenne, ist eines, das man essen kann. Das steht wenigstens nicht rum. Doch verzehrbare Geschenke sind nicht erlaubt. Man wisse ja nie, wer gerade welcher Ernährungslehre anhängt.

»Aber fünf Euro«, wende ich unter Aufbringung meiner letzten Kräfte ein, »was kriegt man denn heute noch für fünf Euro?«

»Ach, man kann doch so niedliche Sachen basteln!« Es gibt Leute, die können aus drei Büroklammern und etwas Heißkleber eine Krippenlandschaft zaubern. Ich gehöre nicht dazu.

Ich bin die, die kurz vor Ladenschluss im Drogeriemarkt auf eine Eingebung der Originalität hofft. Aber die Originalität hat bereits Feierabend. Also kaufe ich vier Kerzen, denn die kann man schließlich immer brauchen. Am Ausgang gibt es sogar Weihnachtspapier auf einer großen Rolle, und so wird aus einer Packung Haushaltskerzen ein Geschenk. Und genau das ist ja das Gemeine: Wichtelgeschenke täuschen immer. Von außen sehen sie entzückend aus: Goldpapier, Schleifen, Tüddelü. Du glaubst, du bekommst wer weiß was, du beginnst es auszupacken, die Spannung steigt und dann – musst du so tun, als ob das Fünf-Euro-Dings von Sabine genau das ist, was in deiner Wohnung noch fehlt.

Ich erscheine also am Nikolaustag pünktlich um 17 Uhr. Der Glühwein ist heiß, die Schokolade blubbert, und ein halbes Dutzend liebevoll anzusehender Geschenke wartet darauf, entpackt zu werden. Wider besseren Wissens ertappe ich mich bei dem Gedanken: »Ach, wie schön!«

Ich öffne mein Geschenk als Letztes. Es ist ein Ei. Natürlich kein echtes. Das könnte ich wenigstens braten. Es ist ein eiförmiges Plastikteil, das man auf den Tisch hauen kann. Dann beginnt es zu leuchten, und ein schnörkeliger Sinnspruch wird sichtbar: »Weihnachten ist, wenn man trotzdem strahlt.«

Ich bin sprachlos.

»Ist das nicht lustig? Hab ich sofort an dich gedacht.«

Ich lächle tapfer und überlege, wie ich das Ding entsorgen kann. Zum Beispiel könnte ich es auf dem Heimweg einfach in der U-Bahn liegen lassen. So was passiert. Leute vergessen alle möglichen Dinge. Bücher, Kleinkinder, Toupets, sogar ihren Tannenbaum. Dann kann ich ja wohl mein Leucht-Ei vergessen. Vielleicht würde es ein Flaschensammler mitnehmen, um in Mülleimer zu leuchten. Ich würde also sogar eine gute Tat tun. Allerdings würde der Flaschensammler bald merken, dass das funzlige Licht keine Taschenlampe ersetzt, und das Ei direkt in den Müll werfen wollen – was er aber wegen der Lithium-Batterie nicht tut. Stattdessen würde er vorschriftsmäßig zum nächsten Sammelcontainer gehen, der jedoch wie immer voll ist. Also stellte er das Leucht-Ei daneben. Dort würde es die vierjährige Emma-Sophie entdecken und unbemerkt von ihrem gerade ein YouTube-Video schauenden Vater einstecken und mit in die Kita nehmen. In der Kita würde man ihr das Ei abnehmen, weil elektrische Mitbringsel verboten sind. Das Ei wanderte in die Fundkiste, wo es bis zum 22. Dezember liegen bleiben würde. Am Tag vor Weihnachten erhielte der Praktikant die Aufgabe, die Fundkiste zu entrümpeln. Dieser notorisch knapp an Geld und Ideen seiende Schüler entdeckte das Leucht-Ei und würde denken: »Oh. Wie praktisch. Wenn das nicht ein Geschenk für meine Tante ist!«

Die Tante bin ich.

Es gibt kein Entkommen.

Weihnachten ist, wenn man trotzdem strahlt.

7. Weltfrieden

»Na, was wünscht sich der Kleine denn?«, fragt der Weihnachtsmann. Er steht seit 27 Jahren jeden Dezember im Kaufhaus. Sein Mantel spannt mittlerweile ein bisschen überm Bauch, aber der Bart macht das wieder wett. Der ist lang und weiß und sieht fast original wie echt aus.

»Weltfrieden«, antwortet der Kleine.

»Na, na«, sagt der Weihnachtsmann und lächelt den Jungen ermutigend an. Schließlich steht er mitten in der Spielzeugabteilung. Da sollten Kinder andere Träume haben. »Das hast du schön und richtig gesagt. Aber du brauchst nicht so bescheiden zu sein. Du darfst dir ruhig was Richtiges wünschen. Etwas, das nur für dich ist. Deine Mama kann dem Weihnachtsmann dann behilflich sein und es besorgen.« Er versucht ein leutseliges Lächeln und holt aus dem großen Sack zu seinen Füßen ein Auto. »Wie wäre es mit so einem Jeep? Guck mal, das allerneueste Modell!«

»Nein danke«, antwortet der Junge. »Verbrennermotoren sind klimaschädlich. So etwas möchte ich nicht.«

Der Weihnachtsmann unterdrückt ein Seufzen. Die Welt wird immer verrückter. Wo soll das hinführen, wenn schon die Kinder keine richtigen Wünsche mehr haben? Er zwingt sich zu einem milden Lächeln:

»Davon verstehst du doch noch gar nichts. Brauchst du auch nicht. Um solche Sachen kümmern sich die Erwachsenen.«

»Tun sie ja nicht.«

Der Junge sieht den Weihnachtsmann herausfordernd an. Mittlerweile hat sich ein kleines Grüppchen um sie herum gebildet. Wenn es etwas umsonst gibt, bleiben die Leute immer stehen. Todsichere Sache. Was ist bloß mit diesem Jungen los? Früher war der Job wirklich einfacher. Da haben die Mädchen eine Puppe bekommen und die Jungs ein Auto, und alle zusammen haben sich über einen Schokoladennikolaus gefreut. Und nicht mal das frechste Kind hätte es gewagt, dem Weihnachtsmann zu widersprechen.

»Außerdem versteh ich wohl was davon«, fährt der Kleine jetzt fort. »Ich gucke nämlich Kindernachrichten. Da haben sie den CO_2-Ausstoß eines Verbrennermotors erklärt. Ist gar nicht so kompliziert, musst du auch mal gucken.«

Das Lächeln des Weihnachtsmannes gefriert. Wenn er etwas nicht mag, sind es naseweise Kinder. Er senkt die Stimme. Das einzig Furcht einflößende Instrument, das ihm geblieben ist.

»Du bist mir ja ein ganz Schlauer. Da sind deine Eltern bestimmt mächtig stolz auf dich. Aber weißt du auch, dass Weihnachten das Fest des Friedens ist? Da widerspricht man nicht. Und dem Weihnachtsmann schon gar nicht. Sonst kann es sein, dass der dir am Ende nichts bringt.«

»Das ist nicht schlimm. Ich brauche nichts. Ich spiele sowieso am liebsten mit den Vögeln unter dem Himmel.«

Vielleicht wird es wirklich Zeit für den Ruhestand. So was ist doch nicht normal. Sollen sich die Psychologen um solche Kinder kümmern. Und jetzt kommt auch noch der Marktleiter um die Ecke, um nach dem Rechten zu sehen. Eilig streicht der Weihnachtsmann dem Kleinen übers Haar und beschließt, es noch mal anders zu versuchen:

»Aber Frieden brauchst du schon?«

Der Kleine nickt. »Den brauchen alle!«

»Richtig. Und um den Frieden kümmert sich der liebe Gott droben im Himmel. Der will, dass die Menschen fröhlich Weihnachten feiern und mal alle Sorgen vergessen.«

»Der liebe Gott will, dass sich die Menschen um Frieden kümmern«, verkündet der Junge.

Jetzt muss er wirklich die Kurve kriegen. Der Marktleiter hat schon so ein Stirnrunzeln im Gesicht. »Schau, Kleiner«, sagt er. »Nun wollen wir mal die ganze Politik außen vor und den lieben Gott einen guten Mann sein lassen …«

»Der liebe Gott ist kein Mann.«

»Ach nee.« Jetzt reicht es aber wirklich. »Und woher willst du das wissen? Etwa auch aus den Kindernachrichten???«

»Nein, von meinem Vater. Und mein Vater ist divers.«

»Natürlich …«, murmelt der Weihnachtsmann. Was auch sonst? Gibt es denn überhaupt keine normalen Familien mehr?

Der Marktleiter tritt hinter ihn. »So werden Sie doch diesen Jungen los«, zischt er in sein Ohr. »Das ist doch keine politische Veranstaltung hier. Die Leute wollen Weihnachten!«

»Ja, also«, stottert der Weihnachtsmann und wendet sich wieder dem Jungen zu. »Hier warten ja noch andere Kinder. Die wollen auch einen Schokonikolaus. Frohe Weihnachten, lieber … wie heißt du denn?«

»Jesus«, sagt der Junge. »Ich heiße Jesus, und ich werde mal die Welt retten. Frohe Weihnachten!«

8. #gottauferden

Die Sache ist die: Gott hatte sich seit Wochen nicht mehr sehen lassen. Und das gerade jetzt in der Vorweihnachtszeit. Dass Gott auf Erden keine Hauptrolle mehr spielte, war nicht zu leugnen. Aber es gab doch einige, die regelmäßigen Kontakt pflegten. Martje zum Beispiel tröstete sich mit ihm über die Einsamkeit ihrer Abende hinweg, und auch ihr Frauenkreis »Kumbaya« basierte darauf, dass Gott irgendwie anwesend war. Nun hatte Martje sich damit abgefunden, dass Gott unsichtbar blieb. Möglicherweise ein Fall von Schüchternheit, wie auch Martje regelmäßig rot wurde, wenn plötzlich alle Blicke auf sie gerichtet waren. So erklärte sich das Martje wenigstens. Aber seine grundsätzliche Anwesenheit durfte man nach all den Jahren treuen Gebets doch wohl voraussetzen. Doch nun war Funkstille. Martje betete, sang und drohte schließlich sogar mit ihrem baldigen Ableben, wenn Gott sie länger ignorieren würde.

Der tatsächliche Grund für Gottes Schweigen hatte allerdings rein gar nichts mit Martje zu tun. Zu

Beginn der Adventszeit hatte der Wunderrat – ein Team aus sieben besonders kompetenten Engeln – dem Allerhöchsten die Empfehlung gegeben, andere Kanäle als das Auslaufmodell »Gottesdienst« zu nutzen.

»Also Auslaufmodell, ich muss doch sehr bitten …«, hatte Gott gebrummt und auf Weihnachten hingewiesen, wo die Kirchen nach wie vor überfüllt seien.

Der Statistik-Engel räusperte sich: »Nur noch 14 Prozent der Deutschen planen zu Weihnachten einen Kirchenbesuch«, sagte er, und Gott erwog kurz, ihn mit Stummheit zu strafen. »Was wir brauchen, ist eine Social-Media-Kampagne«, erklärte der Wunderrat.

Gott seufzte. Alle tausend Jahre tat etwas Veränderung gut, das sah er ja ein. War es denn tatsächlich schon wieder so weit? »Und da sind wir auch schon beim Kernproblem«, fuhr der Wunderrat fort: »Social Media braucht Bilder, Bilder, Bilder. Gott beim Frühstück, Gott beim Staubsaugen, #fürmehrrealitätimhimmel. Wäre es möglich, dass du dein selbst auferlegtes Bilderverbot noch mal überdenkst?«

»Vergesst es«, polterte Gott heftiger, als es gut war. Hatten seine Berater ihm doch wiederholt die Wichtigkeit wertschätzender Kommunikation nahegelegt.

»Also gut«, lenkte der Wunderrat ein, »dann zeig eben deinen Alltag. Apfelblüte im Garten Eden. Haustierbilder …«

»Ich könnte etwas Nachhilfe in Exegese geben«, schlug Gott vor.

»Auf keinen Fall! Zu viel Inhalt. Niemand will Texte lesen. Es reicht, wenn du deiner Followerschaft drei Mal täglich Herzchen sendest.«

»Meiner Followerschaft?«

»Deinen Gläubigen!«

»Ah.«

»Und natürlich musst auch du ihnen folgen. Verteile Likes, kommentiere.«

»Ich soll das Leben der Menschen kommentieren? Ist das nicht ein bisschen … übergriffig? Wollen die wirklich, dass Gott ihnen ständig reinquatscht?«

»Ach, nur keine Scheu. Hauptsache, du machst auf dich aufmerksam.«

»Das liegt mir nicht«, sagte Gott.

Der Wunderrat wandte ein, dass Events wie Sintflut, Heuschreckenplage und die Verwandlung von Wasser zu Wein doch recht viel Aufmerksamkeit auf sich gezogen hatten. »Wie dem auch sei, am besten, du fängst mit ein paar Storys an. Hier, dein neues Smartphone.«

Und so begab es sich, dass Gott zu Social Media kam. Er fotografierte die Schlange, doch sie berief sich auf ihre Persönlichkeitsrechte. Er versuchte, seine Gedanken in drei Hashtags zu quetschen, und gab nach einer halben Ewigkeit auf. »Meine Gedanken sind nicht eure Gedanken«, zischte er und erschrak, weil er auf einmal selbst wie die Schlange klang.

Dennoch begann Gottes Followerschaft zu steigen, und der Wunderrat war zufrieden.

Martje bekam von alldem nichts mit. Wie auch? Sie nutzte ihr Telefon für Notfälle und social war sie im Frauenkreis. Auch dort beklagte man Gottes Abwesenheit. Man erwog sogar, aus Protest Weihnachten zu boykottieren, verwarf es jedoch schnell wieder, weil die Vanillekipferl nun schon mal gebacken waren.

Im Himmel blieb die Lage angespannt. Gottes Laune verfinsterte sich von Tag zu Tag mehr. »Ich komme zu nichts anderem«, fluchte Gott. »Gestern habe ich zwei Stunden an der perfekten Ausleuchtung der Krippe getüftelt. 2000 Jahre reichte Josefs Öllampe! Und dazu dieses friemelige Display. Ich bin Gott! Gibt es nichts in meiner Größe?« Der Wunderrat hörte sich Gottes Fluchen geduldig an, er hatte ein paar Tausend Jahre Übung darin.

Am Vorabend des Weihnachtsfestes eskalierte die Situation: Der Wunderrat befahl eine besonders hohe Story-Quote, während Gott genug damit zu tun hatte, allen werdenden Müttern beizustehen. Außerdem drohte ein Despot mit Babymorden, die Welt stand in Flammen und Gott tippte auf diesem Smartphone rum.

Da verlor Gott die Nerven. »Schluss«, donnerte er und warf das Smartphone in hohem Bogen davon. Dann verbarg er sich im Garten, wie er es immer tat, wenn er vom Gottsein eine Pause brauchte.

Das Handy folgte der Schwerkraft, flog zur Erde und landete direkt vor Martjes Füßen. »Ach guck«, dachte sie. »Was heutzutage alles vom Himmel fällt.« Sie hob es auf und tippte auf den Bildschirm. Viele kleine Symbole erschienen. Das Einzige, was Martje kannte, war das Telefonsymbol. Sie tippte drauf, und es erschien eine Anrufliste. »Home« stand ganz oben. Martje klickte noch einmal. Es tutete.

Dann nahm jemand ab. »Wo bist du?«, rief eine aufgeregte Stimme.

»Im Stadtpark«, stammelte Martje überrascht.

»Auf Erden?«, fragte die Stimme des Pforten-Engels, die Martje natürlich nicht erkannte.

»Ja wo denn sonst?«, fragte sie verwirrt zurück.

Der Engel legte auf und informierte das Social-Media-Team. Das handelte sofort: #gottauferden verbreitete sich schnell. Gott sei zurück. Im Stadtpark von Wanne-Eickel. Zwei Stunden später war die Meldung 3,7 Milliarden Mal geteilt. Alle Welt googelte, wo Wanne-Eickel liegt. Wer konnte, begab sich in den

Stadtpark. Auch andere wollten Gott plötzlich gesehen haben, in Czernowitz, Salerno, Iquitos, in Kapstadt. #gottauferden ging viral. Der Himmel dementierte den Irrtum am Abend, aber niemand schenkte dem Beachtung. Was einmal in der Welt war, ließ sich nicht mehr zurücknehmen. Gott war da. Und Martje hatte ihn gefunden.

9. Hauptsache Tradition

»Die Leute haben heutzutage einfach keine Bildung mehr«, poltert Dieter und haut auf den Tresen. Wie zur Bestätigung ruft der Plastik-Weihnachtsmann »Ho-Ho-Ho!«. Samstags sitzen die Jungs im Familieneck. Dieter, Horst, Fiete und Udo.

»Kein Wunder«, nickt Horst, »die daddeln doch nur noch auf Ihrem Toktik rum, oder wie das heißt. Kein Wunder, dass alles den Bach runtergeht.«

»Jau«, sagt Dieter. »39,7 Prozent haben keine Ahnung mehr, was wir Weihnachten eigentlich feiern. Die Historie, verstehste?«

»Is' nicht wahr!«, sagt Fiete.

»Wenn ich's doch sage«, sagt Dieter. »Stand im Internet.«

»Prost«, sagt Horst, weil er auch mal was sagen will. Mit Weihnachten kennt er sich nur so mittel aus. Ist schon lange her, dass er das so richtig gefeiert hat. Den Baum haben sie vor Jahren abgeschafft, aber seine Hilde macht Kartoffelsalat, und dann haben sie es eben so'n büschen gemütlich. Reicht ja auch, findet er.

»Muss man ja nicht haarklein alles wissen, aber so im Groben …«, nuschelt Fiete und angelt sich drei Marzipankartoffeln. Die gibt's im Familieneck gratis zum siebten Bier. Immer im Advent.

»Aber dass dat Christkind geboren ist, dat sollte man schon wissen«, sagt Dieter.

»Darum gibt's ja auch den Weihnachtsmann«, pflichtet Udo ihm bei, der sonst nie was sagt.

»Häh?«, fragt Fiete. »Was hat denn der Weihnachtsmann mit dem Christkind zu tun? Der kommt doch von den Amerikanern.«

Dieter richtet sich auf, um die Sache zu erklären. Dieter hat nämlich immer den größten Durchblick: »Also: Der Weihnachtsmann ist der Vadder vom Christkind. Darum auch Santa. Santa Claus. Der kommt aus Amerika, aber ist auf der ganzen Welt zu Hause. Weil er doch die Geschenke rumbringen muss. Und weil er da ordentlich zu tun hat, nimmt er seine Frau immer mit. Dat is' die Christa.«

Fiete kommt nicht ganz mit und kratzt sich am Kinn. »Wieso denn Christa? War die Mutter vom Christkind nicht die Maria?«

»Nee«, sagt Dieter, »dat is doch logisch: Christ-Kind. Das Kind vonne Christa.«

»Ahhhh …«, machen die anderen und nicken. Jetzt haben sie es verstanden.

»Mach mal noch'n Bier«, sagt Horst, weil er die Geschichte jetzt richtig spannend findet und weiterhören will. Von wegen Bildung und so. »Und wie war das noch mal mit dem Stall?«

»Der Weihnachtsmann war ja mit seinen Rentieren unterwegs«, erklärt Dieter. »Und die brauchen auch mal 'ne Pause. Dat war damals wie – na wie 'ne Autobahnraststätte. Heu und Stroh, und für Vadder Weihnachtsmann gab's Kartoffelsalat, den hat die Christa schön vorbereitet und in Tupper mitgenommen für unterwegs.«

Fiete nickt. »Kartoffelsalat isst man ja heute noch.«

»Nä«, sagt Udo. »Bei uns gibt's Raclette.«

»Kartoffel ist Kartoffel«, sagt Fiete. »Hauptsache Tradition.«

»Richtig«, sagt Dieter, der mit seiner Geschichte noch nicht fertig ist. »Aber nun passt auf: Die Christa, die war schwanger mit was Lütten im Bauch.«

»Und trotzdem war die dabei?«

»Na sicher, nu sabbel doch nicht immer dazwischen. So war das damals. Unsere Omma hat ihre sieben Kinder auch aufm Feld gekriegt. Die Christa legt sich also ins Stroh, weil sie k. o. war von der ganzen Reiserei und – zack – war das Christkind da.«

»Halleluja«, sagt Horst, den die Geschichte nun wirklich mitnimmt. »Dat geht zu Herzen. Hatte die denn Windeln im Gepäck?«

»Natürlich nicht, aber dann kamen ja die Könige aus dem Morgenland.«

»Morgenland? Wo is dat denn?«, fragt Fiete.

»Irgendwo im Osten. Die haben Gold, Weihrauch und Windeln gebracht.«

»Wieso Weihrauch? Dat gibt es doch nur bei den Katholen. War das Christkind denn katholisch?«, fragt Fiete, der schon wieder den Faden verliert.

»Glaub ich nicht«, sagt Horst. »Die im Osten haben's doch nicht so mit Kirche.«

»Die hatten den Weihrauch dabei wegen dem Gestank im Stall. Dat waren Profis«, erklärt Dieter und wedelt mit dem Duftbaum, der überm Tresen hängt. »Hier, benutzen wir heute noch.«

»Apropos«, sagt Fiete. »Was ist denn mit dem Tannenbaum. Was hat der denn damit zu tun?«

»Na hömma, meinst du denn, die hatten damals Straßenlaternen? Irgendwie musste Vadder Weihnachtsmann doch den Weg finden. Und da haben die Leute eben Kerzen in die Bäume gehängt.«

»Gefährliche Sache«, sagt Udo. Er kennt sich aus, weil er bei der Freiwilligen Feuerwehr ist.

»Gab noch keine Brandschutzverordnung«, sagt Dieter. »Und irgendwie musste man sich ja helfen.«

»Ganz schön plietsch«, staunt Fiete. In seinen Augen glänzt Hochachtung. »Denkt man gar nicht, wie schlau die damals schon waren.«

Dieter nickt. »Kommt alles von 'ne Bildung. Und darum sag ich immer: Bildung ist so wichtig.«

»Jau!«, rufen die anderen. »Prost!«

»Zum Wohl! Auf die Bildung!«

»Auf Weihnachten!«

10. Engel gesucht

Die Luft ist klar, bald wird es Frost geben. Die Lichterketten sind aufgehängt. Zimtgeruch liegt über der Stadt. Es dämmert bereits, als Jakob aus dem Haus tritt. Er seufzt. Früher liebte er diese Zeit vor Weihnachten, als Kind. Überall warteten Geheimnisse. Jeden Tag konnte ein Wunder geschehen. Man musste es nur suchen. »Ach«, murmelt Jakob, »das war schön.« Dann zieht er den Mantel fester um die Schultern und geht los, um seine tägliche Zeitung zu kaufen.

Auf der Straße ist es voll. Irgendwo dudelt »Jingle bells«, die Menschen haben die Kragen hochgeschlagen und hasten an ihm vorbei. An der Bushaltestelle läuft eine Eilmeldung über die Werbetafel. Er achtet nicht weiter darauf. Eilmeldungen gibt es heute andauernd. Als er am Kiosk ankommt, ruft ihm Heike, die Verkäuferin, schon entgegen: »Hast du gehört? Ein Engel soll gelandet sein!« Ihre Stimme überschlägt sich fast.

»Ein echter Engel! Hier irgendwo bei uns. Sie berichten es überall. Nu' stell dir das mal vor, Jakob!«

Jakob glaubt nicht, dass es Engel gibt. Allerdings hat er Heike noch nie so aufgeregt gesehen wie jetzt. »Wie soll er denn aussehen, dein Engel?«

Heike zuckt mit den Schultern: »Keine Ahnung. Wahrscheinlich hat er Flügel. So einen kann man nicht übersehen. Du bist doch immer unterwegs«, sagt sie. »Halt die Augen offen!«

Jakob schüttelt den Kopf. Engel gibt es nur in Geschichten. Außerdem würde er jetzt gern nach Hause gehen und in Ruhe seine Zeitung lesen.

Aber Heike lässt nicht locker. »Mensch Jakob, so ein Engel kann bestimmt was ändern. Die ganzen Krisen und das alles!«

Jakob seufzt. »Wenn das so einfach wäre … Wie soll das denn gehen?« Er nimmt seine Zeitung, und bevor Heike noch etwas erwidern kann, nickt er und geht in die Dunkelheit davon.

Aber Heikes leuchtende Augen gehen ihm nicht aus dem Sinn. Ein Engel! Hier! In der Stadt!

Dabei gibt es doch dauernd solche Meldungen: Ein Ufo ist gelandet! Der Garten Eden ist gefunden! Ein Urzeittier wurde entdeckt! Und jetzt eben ein Engel. Jakob versucht, an etwas anderes zu denken. Aber es geht nicht. Und wenn es doch stimmt? Was wäre, wenn tatsächlich ein Engel auftaucht?

Er spürt den Hauch einer Sehnsucht in sich, die er längst vergessen hatte. Plötzlich will er nicht mehr zurück in die Stille seiner Wohnung. Er beschließt, eine Extrarunde zu drehen.

Das kann schließlich nicht schaden, und der Gesundheit tut es sowieso gut.

Jetzt, wo er ohne Ziel durch die Straßen geht, fallen ihm Kleinigkeiten auf. Eine flackernde Kerze im Fenster. Ein Geigenspieler vor einem Schuhladen. Jakob bleibt stehen und wirft eine Münze in den Geigenkasten. Sogar den Geruch der gebrannten Mandeln genießt er auf einmal. Ihm ist, als läge plötzlich ein Zauber über der Stadt. Eine Art freudige Erwartung, die ansteckt. Jakob bemerkt, dass ihn wildfremde Leute anlächeln. Verunsichert lächelt er zurück. Türen werden aufgehalten. Er sieht, wie eine Frau einem Taxifahrer frischen Kaffee bringt. Als Jakob nach zweieinhalb Stunden beschließt, den Bus nach Hause zu nehmen, beantwortet der Fahrer seine Fragen nach dem passenden Tarif mit einer Engelsgeduld. Jakob wundert sich. Was ist geschehen?

»Das ist wegen dem Engel«, sagt eine Frau, die seine Gedanken zu erraten scheint. Sie zwinkert Jakob zu: »Wenn Sie einen Engel suchen, dürfen sie nicht auf Flügel achten. Dann werden Sie merken, er ist längst unterwegs.«

Jakob stutzt. Wer ist diese Frau? Aber bevor er sie genauer ansehen kann, steigt sie aus und verschwindet im Gewühl der Weihnachtseinkäufer. Das alles ist sehr merkwürdig.

Erstaunt spürt Jakob in sich selbst ein unbekanntes Gefühl. Er beginnt, fremde Menschen neugierig anzusehen. Könnte nicht jeder von ihnen der Engel sein?

In den nächsten Tagen scheint sich etwas zu ändern in der Stadt. Überall wird über den Engel geredet. Jeder scheint ihn finden zu wollen. In den Nachrichten werden immer neue Engelsbegegnungen gemeldet. Ein Kunde meint, den Engel im Kaufhaus gesichtet zu haben.

Eine Frau ist sicher, ihn an der Tankstelle erkannt zu haben. Ein Lehrer glaubt, seine Schülerin müsse der Engel sein. Auf einmal scheint es überall Engel zu geben.

Das ist der Moment, in dem Jakob begreift. Sein Herz pocht wie schon lange nicht mehr.

Sollte es wirklich so einfach sein? Schnell zieht er seinen Mantel an und verheddert sich mit den Ärmeln, weil er so aufgeregt ist. Den Weg zum Kiosk legt er im Laufschritt zurück. Heike hat die Ellenbogen auf ihren Verkaufstresen gestützt.

»Und?«, fragt sie ungeduldig. »Hast du einen Engel gefunden?«

Jakob strahlt: »Einen? Tausende! Die Stadt ist voll davon. Wie konnten wir das nur übersehen?«

Die Menschen sind verwandelt. Sie öffnen sich. Sie lächeln mehr. Sie behandeln einander mit Respekt. Ein Engel mit Flügeln wird nie gesichtet. Aber Frieden und Freundlichkeit breiten sich weit über die Stadtgrenzen hinaus aus. Denn wer weiß?

Schließlich könnte jeder, könnte wirklich jede ein Engel sein.

1 2 3 4

11. Josef träumt

Als Josef morgens aus dem Haus ging, war noch alles wie immer. Nur der Kaffee war eine Spur zu stark. Vielleicht würde er das brauchen heute. Bestimmt hatte er einen Plan. Einen kleinen oder einen großen: Tabak kaufen. Ein Boot zimmern. Spontaner sein. In den nächsten Wochen weniger arbeiten. Unbedingt die Tür zum Garten streichen. Nichts deutete darauf hin, dass sich an diesem Tag alles ändern könnte. Vielleicht würde es schneien. Aber damit musste man ja rechnen, um diese Jahreszeit.

In der Nacht kam der Engel. Er kam im Traum und sah aus wie sein alter Mathelehrer. Nur dass knapp unter seinen Schulterblättern Flügel wuchsen. So gewichtig waren seine Botschaften. Der Engel hatte viel zu tun. Nacht für Nacht ging er durch die Träume der Menschen und flüsterte ihnen ins Ohr. Die Botschaften unterschieden sich, aber jede einzelne begann mit denselben Worten: »Alles wird anders.« Der Engel sagte sie langsam und mit bedächtiger Stimme, als wolle er dem anderen Zeit lassen, zu verstehen.

Josef mochte Veränderungen nicht besonders. Sie kamen immer so überraschend. Er war zuverlässig und pflichtbewusst, einer, der versuchte, auf alles vorbereitet zu sein. Dafür erwartete er im Gegenzug eine gewisse Kontinuität des Lebens. Er hätte also gern dankend abgelehnt. Die Möglichkeit bestand nicht.

»Rechne mit dem Unbekannten«, sagte der Mathelehrer-Engel streng. »Es könnte ein Geschenk des Himmels sein.«

Das Unbekannte war Josef schon immer suspekt gewesen. Besonders zu Weihnachten. Wo doch gerade da alles wie immer sein soll. Um 15 Uhr die Messe und um 17 Uhr gemeinsames Singen mit Oma und danach Semmelknödel zur Gans. Weihnachten war für Josef die Garantie, dass die Welt in Ordnung ist.

Der Engel brach in Lachen aus und ähnelte jetzt überhaupt nicht mehr seinem Mathelehrer: »Da hast du das Fest aber gründlich missverstanden! Weihnachten heißt: Nichts bleibt, wie es ist. Da wirst du rausgeschmissen aus deiner Bequemlichkeit. Weihnachten ist ein weites Feld. Weihnachten ist der Himmel, der offen steht. Weihnachten ist ein Weg durch die Dunkelheit, denn nur im Dunkeln siehst du den Stern. Weihnachten ist der Strohhalm, nach dem ein König greift. Weihnachten ist Hoffnung, die laufen lernt.«

Der Engel verschwand. Josef wälzte sich ein paarmal unruhig auf seinem Kissen und schlief noch vier Stunden, bis der Morgen ihn weckte. Seinen Kaffee trank er nachdenklicher als sonst.

»Was ist mit dir?«, fragte seine Frau. »Du wirkst so verändert.«

»Ich hatte einen Traum«, sagte Josef. Mehr nicht. Und dann ging er in die Nacht der Nächte ohne Plan. Er verließ das Haus des Gewohnten und hielt Ausschau nach dem Unbekannten. Vielleicht würde ihm etwas in den Schoß fallen. Ein Stern, ein Wunder, ein Anfang, ein Kind.

hello
mmmh

12. Brief mit Waffelduft

»Ich will einen Brief schreiben«, sage ich. »Einen Brief, der die ganze Welt verbindet.«

Du ziehst die Stirn kraus, weil du großen Sätzen gegenüber misstrauisch bist. Es ist Sonntag, das Räuchermännchen pafft vor sich hin. Wir sitzen auf dem Sofa, während draußen auf der ganzen Welt Sachen geschehen. Schlimme Sachen. Man müsste was machen, sagst du. Für den Frieden, für die Liebe, für die Menschenfreundlichkeit im Kleinen. Dich überzeugt man am besten mit Machen. Machen kannst du, und ich kann mir Sachen ausdenken, deshalb passen wir so gut zusammen. Ich stehe auf und gehe zum Schreibtisch. In der Schublade krame ich nach einem Block Briefpapier, irgendwo müsste ich den noch haben. Ich stelle mir vor, wie ein Blatt Papier auf die Reise geht. Wie ich eine Momentaufnahme zusammenfalte und in einen Umschlag stecke und sie zusammen mit der Wärme meines Zimmers nach, sagen wir, Usbekistan schicke. Und von dort aus weiter durch die ganze Welt.

Du fragst, wen ich in Usbekistan kenne.

Ich sage: »Niemanden.« Aber genau das sei es ja, dass wir uns verbinden, ohne einander zu kennen. Ich sehe, wie du versuchst, mir zu folgen. Meine Begeisterung stolpert manchmal über deine Logik.

»Sorry«, sagst du und knackst eine Walnuss, »aber wo willst du den Brief hinschicken, wenn du in Usbekistan niemanden kennst?«

»Ich kenne wen in Görlitz. Sie heißt Larissa. Ich habe mal ein Franzbrötchen mit ihr geteilt.«

»Aha«, sagst du, und plötzlich habe ich den Geruch von Zimt und Zucker in der Nase und frage, ob wir Waffeln backen wollen.

»Ich denke, du willst einen Brief schreiben?«

Das ist auch so ein Ding. Du machst Sachen nacheinander. Ich mache alles auf einmal. Ich habe noch nie verstanden, warum man essen soll, ohne gleichzeitig eine Serie zu schauen. Ich nehme dabei sogar noch ein Bad und würde es mögen, wenn mir gleichzeitig jemand den Kopf massiert. Es kommt alles auf die richtige Mischung an.

»Der Brief würde nach Waffeln duften«, sage ich. »Wäre das nicht schön?«

»Ich habe kein Backpulver«, sagst du, weil du deine Schränke kennst wie deine Jackentaschen. In meiner Jackentasche finde ich einen zerbröselten Schokohasen von letztem Ostern, hundert Euro und ein Ticket für die Pariser Metro. Keine Ahnung, wann das alles da hineingeraten ist. Das würde dir nicht passieren.

»Die Nachbarn«, sage ich. »Irgendwer hat bestimmt Backpulver.«

Eine halbe Stunde später riecht es in der ganzen Wohnung nach Waffeln, und der Räuchermann hat aufgegeben, dagegen anzudampfen. Ich schiebe dir ein Herz in den Mund. Meine Finger sind fettig, so kann ich nicht schreiben. Aber reden kann ich. »Also«, sage ich, »stell dir vor, ich schreibe: ›Hallo, ich heiße Susanne. Wenn ich aus dem Fenster gucke, sehe ich drei Hühner. Was siehst du? Liebe Grüße aus Hamburg, Deutschland.‹ Und das schicke ich an Larissa in Görlitz. Zusammen mit einem zweiten Blatt, auf dem steht: Schreib deinen Gruß unter meinen und schick den Brief weiter an den entferntesten Menschen, den du kennst.«

»Vielleicht kennt sie auch niemanden in Usbekistan.«

»Wieso Usbekistan?«

Hatte ich Usbekistan gesagt? Das hatte ich schon wieder vergessen. So geht es mir dauernd. Ich kann schnell denken. Manchmal überhole ich mich dabei selbst.

Ich erkläre, dass es jeder Ort sein könnte. Weil jeder irgendwo wen kennt. Und diese Person kennt wieder wen woanders und so weiter und so fort. Ich habe mal gelesen, dass jeder Mensch mit jedem anderen Menschen über maximal sieben Kontakte verbunden sei. Solche Sachen merke ich mir. Ob das wirklich stimmt, weiß ich nicht, aber das ist auch egal, es soll ja kein Wettbewerb sein.

»Stell dir doch vor, lauter fremde Menschen, die auf einmal gar nicht mehr so fremd sind, weil sie kurz ein Fenster in ihr Leben öffnen. Und vor diesem Fenster picken vielleicht auch Hühner, in Usbekistan backt vielleicht auch jemand Waffeln, und in Lima ist gerade jemand Vater geworden.« Die Vorstellung wärmt mein Herz.

»Ein Kettenbrief«, fasst du zusammen. »Wozu?«

Ich merke, dass ich ungeduldig werde, und meine Ungeduld will deinem Realitätscheck gegens Schienbein treten. Aber ich halte sie zurück, weil das die Welt ja auch nicht besser macht.

»Kindliche Freude«, antworte ich. »Ist wie Weihnachten, wenn du so einen Brief bekommst. Verbindet Menschen, die sonst nichts miteinander zu tun haben. Bringt ein paar Umschläge voll Frieden in die Welt.« Ich lecke meine Finger ab. »Hast du ’ne Serviette?«

Hast du natürlich. Und dann fangen wir an zu schreiben.

13. Zwinkerjesus

Jesus hat ein Sixpack. Jojo weiß, was ein Sixpack ist, weil sie einen großen Bruder hat. Der will auch einen und trainiert deshalb drei Mal die Woche. »Hat Jesus auch trainiert?«, fragt sie. Ihre Stimme klingt in der großen Kirche ganz anders. Mit Echo.

»Nein«, sagt die Frau mit dem komischen Tuch. »Der hat bestimmt nicht trainiert. Aber die Leute früher fanden das schön. Sie wollten sich gern vorstellen, dass Jesus stark ist.«

Jojo nickt. Kirchen sind manchmal komisch. Dort gibt es lauter Sachen, die es nicht gibt. Zum Beispiel Menschen mit Flügel. Die nennt man dann Engel.

Papa sagt, dass man sich Sachen vorstellen kann, die schön wären, wenn es sie gäbe. Das sei übrigens der Konjunktiv. »Den musst du dir merken. Der Konjunktiv zeigt dir, wie die Welt sein könnte, wenn sie wäre, wie sie sein soll.« Papa sagt immer so komische Sachen. Seit Mama tot ist, will er andauernd in Kirchen. Vielleicht weil Mama jetzt auch ein Engel ist. Jojo findet Kirchen nicht so spannend, aber wenn sie den Barbiekoffer mitnimmt, ist es okay. Meistens hören die Erwachsenen älteren Frauen mit komischen Halstüchern zu und Jojo kann ungestört spielen.

Jetzt zeigt die Frau mit dem Halstuch auf Maria. Jojo weiß, dass es Maria ist, weil sie ein Baby auf dem Arm hat. Sonst gibt es keine Frauen mit Babys auf den Kirchenbildern, also kann man sich das leicht merken. Das Baby ist Jesus, und auf dem Bild sei er gerade geboren, erzählt die Frau. Jojo guckt ganz genau hin. Irgendwas stimmt da nicht. Plötzlich weiß sie es: »Maria hat ja gar keinen Bauch«, ruft sie. Als Luke geboren wurde, hatte Mama noch ganz lange einen dicken Bauch. Obwohl Luke da schon gar nicht mehr drin war. Luke ist Jojos kleiner Bruder.

»Maria ist die Himmelskönigin«, sagt die Frau. »Die hat keinen Bauch. Eine Königin soll doch schön aussehen, nicht?«

Jojo überlegt, ob ein Bauch schön ist. Zur Sicherheit zieht sie ihre Jacke hoch und guckt nach. Wenn man ganz viel Luft reinatmet, wird er rund wie ein Ball. Sie will ihren Bauch der Frau zeigen, aber die Frau redet schon weiter. Jojo gähnt. Papa guckt interessiert, aber Jojo ist langweilig. Sie sieht sich um. Vorn steht ein großer Tannenbaum. Der ist zehnmal so groß wie ihr Tannenbaum zu Hause. Wie im Wald, nur dass im Wald keine Strohsterne an den Tannen hängen. Sterne sind eigentlich nie aus Stroh. Schon wieder so eine komische Sache, die glänzen ja nicht mal. Unter dem Tannenbaum ist das Kinderzimmer von Jesus. Wobei, eigentlich hat er gar kein eigenes Zimmer, bloß ein eigenes Kreuz. Aber erst, wenn er groß ist und das Sixpack hat. Das Kreuz hängt mit Jesus überm Altar. Der Altar ist wie ein Esstisch, nur ohne Essen. Jojo kennt sich wirklich gut aus in Kirchen.

Aber erst ist Jesus ein Baby. Der Babyjesus liegt nackt in der Krippe. Das findet Jojo komisch, weil er doch bestimmt friert. Sie klappt ihren Barbiekoffer auf. Mal sehen, was sie ihm anziehen könnte. Barbie hat kein Baby, aber ihr goldener Minirock geht bestimmt als Schlafsack. Und wo Jojo schon mal dabei ist, zieht sie Maria eine lila Plüschjacke über ihr Kleid, und Josef bekommt das Regenbogencape, weil er ein bisschen traurig aussieht. Vielleicht wollte er kein Kind, denkt Jojo. Papa hat gesagt, so was gibt es. Jeder darf sich das aussuchen. Jojo ist froh, dass Papa Kinder wollte.

»… die alten Meister malten Maria nach dem Ideal eines zeitgenössischen Frauenbildes«, erklärt die Frau mit dem Halstuch. »Achten Sie auf die helle nordeuropäische Haut dieser Maria, die der Frau des Künstlers nachempfunden ist, wenngleich er sicher ein paar Schönheitskorrekturen durchgeführt hat …«

Alle lachen ein bisschen, und Jojo denkt, warum Erwachsene über Sachen lachen, die gar nicht lustig sind.

Sie kramt ihre Lieblingsbarbie aus dem Koffer und setzt sie neben Maria. Damit sie eine Freundin hat, die ihr den Babyjesus mal abnehmen kann.

»Und hier haben wir unsere Krippe aus dem 19. Jahrhundert. Ein vollständiges Ensemble …« Die Frau macht ein Geräusch, als hätte sie eine Fliege verschluckt. Jojo guckt erschreckt zu ihr hoch. »Na, deine Barbie passt aber gar nicht zu unserer schönen alten Krippe, findest du nicht?« Die Stimme der Frau klingt auf einmal säuerlich.

Jojo würde gern »doch« sagen, aber plötzlich traut sie sich nicht mehr, irgendetwas zu sagen. 17 Gesichter gucken vorwurfsvoll auf sie herab.

»Diese Barbies«, flüstert eine andere Frau, »die gehören auf den Müll.« Sie ist nicht sehr gut im Flüstern, Jojo versteht alles. »Immer diese unrealistischen Körperbilder. Die Kinder von heute wissen doch gar nicht mehr, was echt ist.«

Die anderen Erwachsenen nicken.

Auf einmal fühlt sich Jojo sehr schlecht und weiß nicht warum. Hilfe suchend schaut sie sich nach Papa um. Doch der steht hinter einer Säule, und Jojo kann ihn nicht sehen.

Aber der Sixpackjesus sieht sie und Barbie und zwinkert ihnen verschwörerisch zu.

Schuld
Schuld
Schuld

14. Was Warmes

Enno braucht was Warmes. Seine Schuhe haben zwei Löcher, und draußen hat es drei Grad. Wenn ihn nicht alles täuscht, ist in vier Tagen Weihnachten. Die letzten Nächte hat Enno mehr schlecht als recht unter der Autobahnbrücke geschlafen. Der feine Nieselregen hat die Kälte bis in die Knochen kriechen lassen, dass an eine weitere Nacht draußen nicht zu denken ist. Er braucht was Trockenes. Irgendeinen geschützten Unterschlupf. In großen Städten ist das einfacher. Aber Enno mag keine großen Städte. Enno mag keine Menschen, und davon gibt es auf dem Land definitiv weniger. Aber es gibt Kapellen. Das sind Kirchen für den Alltagsgebrauch, und wenn man Glück hat, sind sie unverschlossen.

Enno drückt die Klinke runter, und die Tür öffnet sich. Dem Himmel sei Dank! Im Inneren der Kapelle ist es warm. Jedenfalls wärmer als draußen. Es riecht nach Kerzen und Staub. Enno sieht sich nach einem Plätzchen um, an dem er nicht sofort entdeckt werden würde. Falls noch wer kommt. Andererseits: Wer sollte kommen an einem so ungemütlichen Spätnachmittag? Die Kapelle ist größer als andere ihrer Art, aber für eine Empore hat es leider nicht gereicht. Ennos Erfahrung nach hat man dort die besten Chancen, unentdeckt zu bleiben. Bänke gibt es keine, nur Stühle mit so komischen Tritten zum Hinknien. Jedenfalls nichts, auf dem man die Nacht verbringen könnte. Bleibt nur der Altar. Jesus guckt nachsichtig, also scheint er nichts gegen etwas Gesellschaft einzuwenden zu haben. Enno nickt ihm zu. Eigentlich hat er mit Jesus nichts am Hut, andererseits ist es immer gut, freundlich zu bleiben. Man weiß nie. Hinterm Altar gibt es eine Nische, in der ein Besen, eine Gießkanne und ein Korb voller Kerzenstummel stehen. Wenn er die beiseiteschafft, ist Platz für einen nicht allzu beleibten Männerkörper. Enno rollt seinen Schlafsack aus und wird im Dämmerlicht des Raumes unsichtbar.

Er muss eingenickt sein, als er die Schritte hört. So geräuschlos wie möglich richtet er sich auf und wagt einen Blick aus seinem Versteck. Eine ältere Frau kommt durch den Gang direkt auf ihn zu. Es ist Magda, die jeden Donnerstag vor dem Bridge-Abend ein inniges Gebet spricht. Aber das kann Enno natürlich nicht wissen. Magda schleppt allerlei mit sich rum. Eine strenge Erziehung, in der ein schlecht gelaunter Pfarrer eine Rolle spielt, und ein Herrgott, der beim Jüngsten

Gericht auf sie warten wird. So hat man ihr das beigebracht. Mit den Jahren hat sie gelernt, was es heißt, ein sündiges Menschenkind zu sein, das nur die unverdiente Gnade des Herrn Jesu erlösen kann. Magda stellt ihren Beutel ab und holt ein Stück Stoff hervor, das sie über den Holztritt legt, bevor sie sich hinkniet. Das macht sie immer so, damit sich ihre Strumpfhose nicht an einem Holzsplitter verhakt. Dann beginnt sie zu beten: »Mein Herr und Gebieter Jesu Christus, nimm an meine Buße, denn ich habe gesündigt gegen den Himmel und bin es nicht wert, aufzublicken zu den Höhen deiner Herrlichkeit ...« Enno kann nicht alles verstehen, aber eines scheint sicher: Die Frau muss so einiges auf dem Kerbholz haben. Er duckt sich tiefer in seine Nische hinein.

»... doch du, o Herr, harrst auf meine Umkehr. Herr Jesus Christus, vergib deiner Sünderin ...«

Enno wird bange. Wovon redet die Frau? Was hat sie getan? Er atmet, so flach er kann, um sich nicht zu verraten.

»... meine Schuld«, ruft die Frau lauter, »meine große, große Schuld ...«

Die kleinen Härchen auf Ennos Unterarmen stellen sich auf. Welches Verbrechen hat sie begangen? Ist sie eine Diebin? Vielleicht sogar eine Mörderin? Ach was, denkt Enno. Sie sieht doch ganz freundlich aus. Ein bisschen verhärmt vielleicht. Aber sie hat runde Pausbäckchen. Bestimmt kann sie Rosinenkuchen backen.

»... ich bin ein schlechter Mensch, ich bin ein schlechter, schlechter Mensch«, ruft Magda und schlägt sich jetzt auch noch gegen die Brust.

Da hält Enno es nicht mehr aus. »Nee«, ruft er, »bist du nicht! Jetzt ist aber mal gut.«

Stille. Seine Worte verhallen im Dunkel des Raumes. Drei Sekunden vergehen. Dann flüstert Magda: »Bist du es, Herr?«

Etwas in ihrer Stimme hat sich verändert. Jetzt klingt sie einerseits ungläubiger und andererseits verschwörerisch. So als würde sie Hoffnung schöpfen. Enno will sie nicht enttäuschen, also sagt er: »Ja.« Was genau genommen ja auch nicht völlig falsch ist. Wenn Enno sich auch nicht als Herrn bezeichnen würde, so ist er doch ein Mann und das ist in etwa das Gleiche.

»Mein Gott«, flüstert Magda, als könne sie es noch nicht fassen.

Das geht Enno nun doch ein bisschen weit, aber er hat das unbestimmte Gefühl, dass er besser nicht widersprechen sollte.

Und tatsächlich scheint Magda Vertrauen zu fassen, denn jetzt beginnt sie zu erzählen. Wie ihr Tag war und wie es ihr geht. Sie erzählt von ihren Söhnen, die sie so lang nicht gesehen hat. Aber an Weihnachten, da ist es so weit. Alles, was ihr einfällt, erzählt sie, denn wann kann man dem Herrgott schon mal Auge in Auge gegenübertreten? Vielleicht nicht direkt Auge in Auge, zu sehen ist er ja nicht, aber auch Mose hat den Schöpfer nicht gesehen, als der im Dornbusch saß. Also geht das in Ordnung.

Enno liegt auf dem Rücken und hört Magda zu, während über ihnen der Schatten des Gekreuzigten im Kerzenlicht tanzt. Magdas Stimme ist jetzt ganz warm. Sie hat etwas Beruhigendes, als erzähle sie ihm eine Gutenachtgeschichte. Irgendwann fallen Ennos Augen zu, und er gleitet sanft hinüber in einen Traum.

Am Morgen ist Ennos Schlafsack getrocknet, beim ersten Tageslicht macht er sich aus dem Staub. Magda ist verwandelt. Sie erzählt allen, dass der Herrgott selbst ihr erschienen sei, und niemand widerspricht, weil man bei solchen Dingen ja nie weiß.

Nur Enno weiß, aber der ist weiß der Himmel wo.

ZEUG

15. Weihnachtsnotfall

Noch zehn Tage, dann ist Weihnachten. Olga hat noch nicht mal den Adventskranz vom Balkon geholt. Den hat sie schon im November bei Blume 2000 gekauft und war stolz, diesmal richtig früh dran zu sein. Seitdem hat sich nicht mehr viel getan. Olga nippt am Tee. Jetzt müsste sie aber wirklich. Hoch auf den Dachboden gehen und holen, was zu holen ist: Mamas Krippe, Onkel Wladis Nussknacker, die Sternenlichterkette, die wartenden Engel aus Gips. Weihnachten ist wichtig. Weihnachten ist Tradition. Olga sieht zum Fenster. Es schneit. Wenn das kein Zeichen ist. Olga wünscht sich immer Schnee, aber normalerweise ist der Dezember nicht für Schnee zu haben. Wahrscheinlich, weil er auch so schon genug zu tun hat. Kein anderer Monat muss so viel leisten wie der Dezember: als Erstes die Weihnachtsmärkte. Dann allerlei Spendenaktionen für Kinder in Afrika (und neuerdings auch in Mönchengladbach). Die Organisation freier Friseurtermine. Bestimmungen für den Glühweinverkauf im Freien. Die Sitzplatzverteilung in den Kirchen, dazu die weiteren

Besinnlichkeitsalternativen. Da ist an Schnee nicht mehr zu denken.

Aber jetzt schneit es trotzdem, und Olga steht am Fenster und zählt die Flocken, bis vor ihren Augen alles tanzt. Ein weißer Tanz mit komplizierten Hüpfern, dem nur Eingeweihte folgen können. Mittendrin klingelt das Telefon.

Es ist ihre Mutter. Ob sie an die Geschenke für ihre Neffen und Nichten denke. Es seien jetzt elf. (Dass sie bisher nichts zu dieser nach oben offenen Zahl beigetragen habe, braucht ihre Mutter nicht extra zu betonen. In nonverbaler Kommunikation ist sie Meisterin.) Olga lügt, dass sie alles beisammen hat, und kritzelt eine Notiz auf das Prospekt eines Pizza-Bringdienstes, die sie gleich wieder vergisst. Ihre Mutter sagt, sie ginge am Nachmittag zur Maniküre, ob Oljenka nicht mitkommen wolle, sich ein bisschen weihnachtshübsch machen. Olga lehnt ab und hört, dass ihre Mutter enttäuscht ist.

Als sie auflegt, hat der Schnee aufgehört zu schneien. Als dächte er, dass sich die Mühe nicht lohnt. Die Aufmerksamkeitsspanne im Dezember ist zu kurz, und insgeheim kann Olga ihn verstehen. Wozu sich anstrengen. Im Dezember will alles Aufmerksamkeit, da kann man nur verlieren. Wenn ich Schnee wäre, denkt Olga, würde ich bis Februar warten. Wenn alle Lichterketten wieder eingepackt und alle Straßen grau sind. Dann. Olga nippt wieder am Tee. Er ist kalt geworden. Auch der Tee findet, Olga solle jetzt mal anfangen, Weihnachten in die Wohnung zu bringen. Oder wenigstens Advent.

Der Dachboden ist ein Labyrinth. Beim Einzug hat Olga ein paar Kisten hochgeschleppt, die sich seitdem unkontrolliert vermehren. Kryptische Hieroglyphen täuschen eine Ordnung vor: »Küche, Rest.«, »Winter bis K.«, »Noch zu …« und dann ein Wort, das Olga nicht entziffern kann. Die Schrift sieht aus wie ihre eigene, aber sie kann sich nicht erinnern, diese Kisten jemals gesehen zu haben. Nützt ja nichts, denkt sie und wagt ein paar Schritte ins Innere des Labyrinths. Zur Linken eine Kiste mit Schallplatten. Zur Rechten Blumentöpfe in allen Größen. Das Nachttischchen von Oma. Eine Kiste mit eingetrockneten Farben. Der Dachboden ist tief bei abnehmendem Licht. Ein Wintermantel streckt die Arme nach ihr aus, sie verschmäht ihn, lässt ihn schon seit Jahren hängen, weil er zu dick ist. Er strahlt eine so tiefe Traurigkeit aus, dass sie versucht, ihn umso gründlicher zu ignorieren. Zwei Raclettegeräte. Ein paar alte Gummistiefel. Leere Einmachgläser, Verlängerungskabel und schließlich die Lichterkette. Irgendwo hier muss es sein. Tatsächlich entdeckt Olga die Kiste mit der Aufschrift »Krippe und

Advent«. Sie riecht nach Räuchermann, auch er wartet. Das schlechte Gewissen wird größer. Hier oben erwartet alles etwas von ihr. Dass sie sich endlich kümmert. Olga hievt die Kiste hoch, sie ist schwer, wieso ist das ganze Weihnachtsgedöns so schwer? Olga taumelt und macht einen Schritt nach rechts, dort liegt der alte Flickenteppich, sie verliert das Gleichgewicht und fällt, aber die Kiste lässt sie nicht los. Immerhin hat der Flickenteppich ein Einsehen und dämpft ihren Fall. In der Kiste klirrt etwas. Dann ist es still.

Olga liegt zwischen Skiern und einem nie genutzten Entsafter, der ebenfalls lange auf seinen Einsatz gewartet hatte. Mittlerweile hat er aufgegeben und sich mit seinem Schicksal abgefunden. Olga schiebt die Kiste zur Seite und erwägt, es ihm gleichzutun. Einfach liegen bleiben. Die anderen Weihnachten feiern lassen. Und ein paar Nichten und Neffen später wieder auftauchen. So schlecht ist der Gedanke nicht. Olga dreht den Kopf zur Seite. Irgendwo müsste eine ganze Kiste mit den Kissen ihres Teenager-Sofas sein.

Stattdessen fällt ihr Blick auf ein kleines grünes Kästchen. »Im Weihnachtsnotfall«, steht auf dem Deckel, eindeutig von ihr selbst geschrieben. Olga erinnert sich nicht. Wo kommt es her? Sie nimmt das Kästchen in die Hand. Es ist leicht. Ist das jetzt ein Notfall?, fragt sie sich und öffnet es, ohne die Antwort abzuwarten.

Innen drin liegen eine fingergroße Kerze und eine Packung Streichhölzer. Mehr nicht. Olga ist enttäuscht. Irgendwie hatte sie mit Größerem gerechnet. Sie dreht sich auf den Bauch und fummelt ein Streichholz aus der Packung. Beim Anreißen bricht es. Sie versucht ein zweites, ein Funke fliegt, und das Hölzchen fängt Feuer. Olga zündet die Kerze an und hält sie schief, damit etwas Wachs auf den Boden tropft. Vorsichtig drückt sie die brennende Kerze hinein.

Das Labyrinth wird in warmes Licht getaucht. Die Schatten beginnen zu tanzen und Olga sieht ihnen zu. Niemand fordert sie auf. Sie liegt einfach da und schaut, wie sich in der Tiefe des Raumes die Vergangenheit bewegt, Mantel, Ski, Einweckgläser, Fotoalben, Mamas alte Krippe und all die anderen Erbstücke. Olga liegt bei ihnen, bis die Kerze heruntergebrannt ist und schließlich erlischt.

Dann steht sie auf. Aus der Kiste ragt der Räuchermann. Olga nimmt ihn mit, den Rest lässt sie zurück. Das reicht, denkt sie und geht hinunter in ihr Leben, wo sie Pizza bestellen wird. Vielleicht mit Rotkohl, wegen Weihnachten.

16. Das wundgeglaubte Herz

Am Morgen jenes vergangenen Tages rasierte sich Zacharias sorgfältiger als sonst. An jenem Morgen zog er sein bestes Hemd an, das mit den Perlmuttknöpfen. Das hatte er lang nicht mehr gemacht.

Elisabeth sah ihn an und dachte, dass er alt geworden war. Ein alter Mann mit zwei Falten um den Mund und tiefer Melancholie im Blick. Ach du, dachte sie.

Im Haus war es still. Viel zu still. Zacharias räusperte sich, er konnte die Stille nicht gut ertragen. Hier hätten seine Kinder lachen sollen. Er hatte sich immer ein volles Haus gewünscht, kommen und gehen, klein und groß, Elisabeth und er, sie beide mittendrin. Aber es war kein Kind gekommen. Kein einziges. Elisabeth wurde älter, ihre Versuche wurden routinierter und bekamen schließlich den Beigeschmack der Verzweiflung.

Elisabeth fühlte sich wund an, wundgehofft, und er fühlte sich schuldig. Und auch betrogen um ein Leben, das sie verdient hätten. Sie hörten auf, darüber zu reden. Und irgendwann hörte Zacharias auch auf, dafür zu beten. Denn auch Gott blieb stumm.

Zacharias war Priester, einer von Tausenden, aber immerhin nicht in einem verlorenen Dorf am Ende der Welt, sondern im Tempel. Im Zentrum. Da, wo immer etwas los war. Einer, der anderen Hoffnung machte, ohne selber noch Hoffnung zu haben. Aber er war gut darin. Er war wirklich gut.

An jenem Tag also war er an der Reihe, das Rauchopfer zu bringen. Deshalb das Hemd. Zacharias küsste Elisabeth flüchtig auf die Wange. »Bis später, Schatz«, sagte er und ging.

Im Tempel war es bereits voll. Pilgerinnen, Touristengruppen, Gläubige, Krimskramsverkäufer. Zacharias entdeckte ein paar bekannte Gesichter und setzte sein Priestergesicht auf. Warm und verbindlich. Er prüfte, ob die Kohlen glühten, der Weihrauch lag bereit. Die Zeremonie begann. Es wurde still. Zacharias sprach die heiligen Worte, er kannte sie in- und auswendig. Kurz schweifte er ab und dachte, dass er versprochen hatte, später Lammbraten zu besorgen, aber er holte sich zurück und versuchte, mehr Bewegtheit in seine Stimme zu legen. Dann ging er hinein ins Allerheiligste. Dorthin durfte ihm niemand folgen. Hier war er allein mit Gott. Was für eine Vorstellung, dachte er. Und dann dachte er kurz, was er Gott sagen würde, wenn Gott wirklich hier wäre. Aber der Raum war leer, bis auf das Gold, das glänzte und schwieg.

Stopp, ermahnte sich Zacharias. Dies ist nicht der Ort für Zweifel.

Er nahm die Schale mit dem Weihrauch und sah den Engel. Er gehörte nicht hierher. Er war neu. Er war fremd. Und dennoch stand er unzweifelhaft da, direkt neben dem Altar. Zacharias wollte etwas sagen, aber was?

»Fürchte dich nicht«, hörte er. »Euer Wunsch wird sich erfüllen. Elisabeth wird schwanger, und ihr bekommt ein Kind, und ihr werdet überglücklich sein.«

In Zacharias Kopf stürzte etwas ein. Jetzt hätte er jubeln müssen, hier war das Wunder, das er so lang herbeigesehnt hatte. Aber das Einzige, was er dachte, war: Warum? Warum jetzt? All die Jahre, in denen wir so gehofft haben. In denen wir alles versuchten. In denen wir das Glück der anderen gesehen haben, all die vielen bitteren Jahre. Der mühsame Weg, abzuschließen. Und jetzt wieder anfangen? Von Neuem anfangen zu hoffen? Zacharias spürte nichts.

»Wie kann ich mir sicher sein«, fragte er. »Wie kann ich wissen, dass es dieses Mal klappt, dass wir nicht wieder enttäuscht werden. Und wie soll das gehen? Es ist zu spät. Wir sind alt. Da wächst nichts mehr. Ich kann das auch nicht mehr, ich …«

»Still«, sagte der Engel und brachte Zacharias mit einer sanften Geste zum Schweigen. »Es liegt nicht an dir. Du musst nichts tun. Vertraue: Das Leben wird wachsen.«

»Aber«, wollte Zacharias einwenden, tausend Abers lagen auf seiner Zunge. Aber sie kamen nicht raus. Kein einziges Aber kam über seine Lippen.

Draußen vor dem Tempel begannen die Leute unruhig zu werden. Sie fragten sich, was Zacharias im Inneren tat. Als er schließlich herauskam, blieb der Segen ungesprochen. Die Leute wunderten sich. Aber Zacharias schwieg und ging ohne ein weiteres Wort davon. Als hätte es ihm die Sprache verschlagen.

Er zog in einen Raum aus Stille. Neun Monate lang wohnte er darin. Seine Stimme versagte ihren Dienst. Er war nicht ansprechbar, für niemanden. Neun lange Monate sprach Zacharias kein einziges Wort. Elisabeth ließ ihn in Ruhe. Manchmal brachte sie ihm eine Tasse Tee. Dabei sah er, wie ihr Bauch wuchs. An guten Tagen aß er dann einen Teller Hühnersuppe. Mit der Zeit begannen sich seine Gedanken zu beruhigen. Die Zweifel verstummten. Irgendwann war auch sein Zorn gestillt und sein wundgeglaubtes Herz erholte sich.

Und da begann etwas Neues.

24

17. Irgendwie zaubern

Dass Weihnachten und sein Geburtstag immer zusammenfallen. Ich erinnere mich an damals, als das noch nicht so war. Da war er einfach ein Kind, mein großer Bruder, und morgens gab es Dattelkuchen. Zum Frühstück. Er blies die Kerzen aus, und wir haben gesungen, aber eigentlich konnten wir es kaum erwarten, dass er den Kuchen verteilt. Denn das hat er immer getan, nie wollte er alles für sich behalten. Ja wirklich, so war er. Er kannte keine Angst, zu kurz zu kommen. Vielleicht, weil er der Älteste war. Wir waren zu siebt, der Kuchen war viel zu klein, aber wenn er teilte, reichte es trotzdem. Als könnte er irgendwie zaubern.

Nachmittags kamen die Tanten und Onkels, davon gab es viele, so war das damals. Man lud die gesamte Verwandtschaft ein und die Nachbarn dazu, das Haus platzte aus seinen Nähten, Mama kochte drei Tage, denn das Peinlichste wäre: wenn das Essen nicht reicht. Alles durfte passieren, das Sofa zusammenbrechen, die Toilette versagen, die 16-jährige Cousine schwanger sein – das alles war vertretbar, solange es Kuchen gab und sich am Abend die Teller unterm Linsensalat bogen. Einmal dachten wir kurz, der Wein sei ausgetrunken. Große Aufregung, Mama sah das Ende der Welt herbeigekommen, aber Jesus sorgte für Nachschub. Keine Ahnung, wie er das gemacht hat. Wenn er dabei war, gab es von allem genug. Vielleicht war er deshalb auf jeder Party so ein gern gesehener Gast.

Als er älter wurde, haben ihn diese Geburtstagsfeiern auch genervt, glaube ich. Wenn nämlich alle satt waren, dann kamen die Fragen: ob er nicht langsam mal eine Familie gründen wolle. Verantwortung übernehmen. Erwachsen werden. Auch Mama sagte, dass was Kleines doch schön wäre.

»Das hier ist meine Familie«, sagte er trotzig und legte seine Arme um Johannes und Maria, die einen zweifelhaften Ruf hatte. Wobei das Gerüchte waren. Sie war eine schöne Frau, selbstbewusst und klug und unverheiratet, das machte sie verdächtig. Eigentlich waren die meisten seiner Freunde unverheiratet oder geschieden, niemand von ihnen lebte, wie man damals eben so lebte. Darum blieben sie auch immer ein Fremdkörper zwischen den Tanten und Onkels mit ihren Großfamilien. Sie stellten die Normalität infrage. Allerdings waren unter ihnen auch wirklich ein paar schräge Typen.

»Wenn er erst die Richtige findet, dann wird das auch mit der Familie«, sagte Tante Elli, um Mama zu beruhigen. »Wo er doch so gut mit Kindern kann.«

Und das stimmte, unsere Cousinen und Cousins wuselten immer zwischen seinen Füßen herum. Vielleicht mochten sie ihn so, weil er nichts von ihnen erwartete. Er war ihr Esel, er warf sie durch die Luft, er machte Quatsch. So waren Väter damals nicht. Aber er war ja auch kein Vater.

»Wann baust du ein Haus?«, fragte Großvater alle Jahre wieder.

»Ich brauch kein Haus«, sagte er. »Ich bin ein Vogel unterm Himmel.«

»Der hat ’nen Vogel«, sagten die anderen.

Doch das störte ihn nicht. Eigentlich störte ihn kaum etwas, Angriffe ließ er ins Leere laufen. Ich weiß noch, wie oft ich mich fragte, ob er die Sticheleien tatsächlich nicht mitbekommt oder ob er nur so tut als ob. Heute denke ich, er konnte genau unterscheiden, wann es wirklich um etwas ging. Der Moment kam unweigerlich, spätestens wenn nach dem Kaffee der Schnaps auf den Tisch gestellt wurde und die Männer anfingen zu rauchen, dass der Raum langsam vernebelte. Dann begannen die Stammtischreden. Ich erinnere mich nicht an alles, aber einmal war von einer Nachbarin die Rede, die mit einem anderen was hatte. Natürlich war sie verheiratet, alle waren verheiratet. Die Männer hatten rote Köpfe und schimpften, so eine müsse man ausmerzen. Wenn ihnen so was passieren würde, da könnten sie für nichts garantieren. Das müsse er doch zugeben, dass man so eine bestrafen müsse. Das müsse er doch jetzt wirklich mal zugeben. Sie forderten ihn heraus, aber er beachtete sie kaum.

»Jaja, natürlich«, sagte er, »wer von euch die weißeste Weste hat, kann ja anfangen mit dem Bestrafen.«

Da wurden sie still. Zwar fanden sie ihre Westen durchaus präsentabel, aber sie wussten von dem ein oder anderen Fehltritt der anderen und sie wussten auch, dass die anderen von ihnen wussten. Na ja.

Wenn er etwas verachtete, dann waren es solche Stammtischreden. Besserwisserei. Einfache Lösungen. Trotzdem konnte er sich mit denselben Onkels wieder an einen Tisch setzen, spätestens wenn das Essen aufgetragen wurde. Dann gab er das Brot nach rechts und nach links, immer mit ein paar warmen Worten dazu. Er hatte keine Scheu zu streiten, aber er verwarf niemanden. Heute würde ich sagen, er trennte Sach- und Beziehungsebene. Schon damals spürte ich diesen Unterschied genau, aber ich hatte keine Worte dafür.

Natürlich hatte er auch Macken. Er war mein Bruder, kein Superheld. Zum Beispiel, dass er sich so oft bedienen ließ, nervte mich. Es gab immer Frauen um ihn herum, die das gern taten. Und wenn sich mal eine beschwerte, dann sagte er: »Lass doch, setz dich zu uns, reden ist viel wichtiger als essen.« Aber auf die Gans im Ofen war er trotzdem scharf, und dass die nicht von selbst in seinen Mund flog, schien er auszublenden.

Jetzt ist er schon lange tot. Die Erinnerungen verschwimmen. Wir haben ja unser Leben weitergelebt. Ich vermisse ihn immer noch. Deshalb feiern wir seinen Geburtstag bis heute. Jedes Jahr am 24. Dezember. Dann ist es fast so, als sei er wieder da.

18. Das Kummertier

Joni hat Liebeskummer. Kummer ist ein altmodisches Wort, denkt Joni. Kummer klingt nach einem Vogeltier mit zerzausten Federn, das irgendwer im Regen hat stehen lassen. Armes Ding. Joni bekommt Mitleid und holt das Kummertier rein. Das Kummertier tropft auf das Eichenparkett. Das wird Flecken geben, aber das ist jetzt auch egal. Dort, wo die Tropfen sich zu einer Pfütze sammeln, sollte eigentlich der Weihnachtsbaum stehen. Aber wozu ein Weihnachtsbaum, wenn niemand da ist, mit dem man ihn schmücken kann. Wenn niemand da ist, der Geschenke drunterlegt, wozu ein Weihnachtsbaum, wenn überhaupt niemand sonst da ist, nicht in diesem Raum, auch nicht im Nachbarzimmer, nirgendwo auf dieser Welt. Das Kummertier schluchzt. Dicke Tränen kullern wie Perlenschnüre über seine Federn. Es sieht erbärmlich aus.

Joni seufzt und sagt ungeschickt: »Nana.« Dann weiß Joni auch nicht weiter. Trost ist immer ungeschickt. Was soll man auch sagen? Wird schon wieder? Joni denkt an letzte Woche, als noch alles gut war. Hätte Joni jedenfalls gewettet, dass alles gut war. War es nicht, wie sich zeigte. Plötzlich war der halbe Kleiderschrank leer, die halbe Küchenschublade und die Comics auf dem Klo waren auch weg. Als wäre das allereinfachste Gesetz außer Kraft gesetzt: Man trennt sich nicht vor Weihnachten.

Das Kummertier hockt verloren auf dem Fußboden. Joni zieht die Decke vom Sofa und bereitet ihnen ein Lager. Das Sofa ist Erinnerungszone und damit tabu.

Das Kummertier zittert.

»Hast du Hunger?«, fragt Joni.

Es schüttelt den Kopf.

War nicht anders zu erwarten. Aber Joni spürt plötzlich so was wie Hunger. Im Kühlschrank sind noch zwei Becher Vanillejoghurt. Die holt Joni, und dann ist da ja auch noch das Paket von Mama, ungeöffnet steht es im Flur. Der alljährliche Mandelstollen. Joni fischt ein Küchenmesser aus dem Abwasch, legt das Paket auf die Decke und öffnet es. Es riecht süß, nach Vanille und ein bisschen auch nach dem Waschmittel, das Mama immer für Wollsocken benutzt. Als der Duft dem Kummertier in die Nase steigt, pickt es ein paar Krümel auf.

»Gut so«, flüstert Joni. »Das ist ein Anfang.«

Das Kummertier bleibt. Seine Federn trocknen und man ahnt, dass sie einmal geglänzt haben. Die meiste Zeit sitzt es immer noch regungslos da, Joni fragt sich, ob es wohl fliegen kann. Aber vielleicht ist es einfach zu früh. Jedenfalls scheint es glücklich darüber zu sein, Unterschlupf zu bekommen. Wobei Glück ein großes Wort ist.

Dann kommt der Heiligabend. Mittags klingelt es. Herr Caspers von nebenan steht vor der Tür und hält Joni eine zerrupfte Tanne entgegen. Unter den Stamm hat jemand zwei Latten als Ständer genagelt. Herr Caspers ist bei der Stadtreinigung und bringt manchmal Sachen, mit deren Ableben er nicht einverstanden ist. »Dachte, du kannst 'n büschen Weihnachten brauchen«, nuschelt er und ist auch schon wieder weg. Herr Caspers hat es nicht so mit Worten.

Also bringt Joni die Tanne ins Wohnzimmer und stellt sie dahin, wo die Tränenpfütze war. Das Kummertier schaut. Joni schaut auch. Der Baum hat schon mal bessere Tage gesehen und Kerzen hat Joni auch keine. Da hüpft das Kummertier in die Zweige, und plötzlich wirkt der Baum lebendig. Später faltet Joni aus den Joghurtdeckeln Sterne und hängt sie dazu. So feiern sie Weihnachten. Joni und das Kummertier.

Irgendwann im Januar beginnt der Baum zu nadeln. Das Kummertier spreizt die Flügel. Es trudelt übers Sofa hinüber zur offenen Balkontür. Die Luft riecht blank und ein bisschen nach Frühling. Aber das muss Einbildung sein, mitten im Winter. Joni wirft den Baum auf die Straße. Das Kummertier sitzt jetzt immer öfter auf dem Geländer der Balkonbrüstung. Eines Morgens fliegt es davon. Joni sieht ihm nach und denkt: Tapferes Kerlchen.

19. Der Stolperengel

»Agentur für Engel« steht auf dem Schild. Schlicht und pragmatisch hat es jemand mit zwei Schrauben an die Wand gebracht. Ein Zahnarzt hat im gleichen Haus seine Praxis, und ein weiteres Schild weist darauf hin, dass die Anwaltskanzlei Maier nun in der Königsgasse zu finden sei. Ich drücke die Klingel und warte. Ein Summer geht, hastig drücke ich die Tür auf. Im Treppenhaus riecht es nach scharfem Putzmittel. Die Agentur befindet sich im dritten Stock.

»Guten Tag«, sage ich zu der Person hinter dem Tresen und frage mich, ob das jetzt wohl auch schon ein Engel ist.

»Das fragen sich alle«, schnarrt ihre Stimme. »Was wollen Sie denn?«

»Einen Engel«, sage ich schüchtern, weil mir der Wunsch auf einmal verwegen vorkommt und ich gar nicht weiß, ob ich mir das leisten kann. Ich habe ja keine Ahnung, wie so etwas abläuft.

»Schutzengel sind aus, die wollen alle«, entgegnet die Stimme. »Der Verkündigungsengel ist auf Urlaub,

Saisonarbeit, Sie verstehen. Der Drachenkämpfer ist im frühzeitigen Ruhestand mangels Nachfrage. Wo gibt es heute schon noch Drachen? Die Paradiesengel sind nicht abkömmlich. Racheengel bieten wir ungern an, die machen eine schlechte Presse. Und die Friedensengel haben Burn-out.«

Ich hatte nicht geahnt, dass es so viele Engel gibt.

»Ja«, fährt die Stimme streng fort, »alle denken, so einen Engel, den hätten sie gern. Der kann nicht schaden. Der tut keinem was, der will nichts Böses, der passt auf und dekorativ ist er noch dazu. Weiße Flügel soll er haben und goldenes Haar am besten auch noch. Oh – und die Harfe nicht zu vergessen! Meine Güte – wer hat den Leuten bloß solche Flausen in den Kopf gesetzt? Glauben die denn, ein Engel hätte nichts Besseres zu tun, als fromme Lieder zu singen?«

»Ich … ähm, ich weiß nicht …«, stottere ich und merke, dass ich rot werde. »Was für einen Engel hätten Sie denn noch?«

Die Person blättert in einem abgegriffenen Buch. Erst jetzt bemerke ich, dass hinter ihr eine Uhr tickt. Sie hat keine Zeiger. »Hier!«, sagt sie entschieden. »Einen Stolperengel können Sie haben!«

»Bitte was? Was soll ich denn damit?«

Sie sieht mich streng an. »Die Frage ist nicht, was Sie damit sollen, sondern was der Engel von Ihnen will.«

Langsam schwant mir, warum diese Agentur nicht bekannter ist. Dienstleistung sieht wirklich anders aus.

»Also was ist? Nehmen Sie ihn?«

Ich nicke eilig, weil ich Angst habe, dass auch dieser Engel gleich vergriffen sein könnte.

»Gut«, sagt die Person hinter dem Tresen und schreibt weiter in ihr Buch. Die Uhr tickt. Nichts passiert. Ich schaue mich suchend um. Schließlich wage ich es, mich zu räuspern. Die Person blickt auf.

»Und?«, frage ich. »Wo ist mein Engel?«

»Keine Bange, er wird Sie finden.« Ihr Kopf senkt sich wieder, und mir bleibt nichts anderes übrig, als zu gehen.

Wie mein Engel aussieht, erfahre ich nicht. Aber draußen schaue ich mich öfter verstohlen um. Irgendwo ist er und bringt mich ins Wanken.

LAST CHRISTMAS I GAVE YOU MY

20. Personal Celebrator

»Guten Tag, dürfen wir Ihnen unseren neuen Roboter, den *Personal Celebrator*, vorstellen? Er ist die Weiterentwicklung unseres beliebten Saugrobotors. Er wurde speziell für das Weihnachtsfest entwickelt. Besonders Menschen wie Ihnen möchten wir damit eine Freude machen, wenn ich so vertraulich werden darf.«

»Ach, was kann er denn?«

»Er feiert mit Ihnen Weihnachten. Deshalb haben wir ihn WI2412 genannt. WI steht für Weihnachtliche Intelligenz. Sie dürfen ihn aber auch Willi nennen. Mit Willi fallen alle unangenehmen Begleiterscheinungen des Weihnachtsfestes weg: Kein Streit mit der lieben Verwandtschaft, keine hässlichen Geschenke, keine angebrannte Pute, keine quengelnden Kinder. Unser *Personal Celebrator* macht andere Menschen überflüssig.«

»Das klingt wirklich interessant. Kann er auch kochen?«

»Wenn Sie für einen kleinen Aufpreis das Upgrade wählen, bereitet er Pute mit Rotkohl, Karpfen in Aspik oder vegane Würstchen mit Kartoffelsalat zu.«

»Geht auch Karpfen mit Kartoffelsalat?«

»Natürlich. Das ist ja gerade das Schöne: Ihr *Personal Celebrator* ist lernfähig. Nach einer anfänglichen Kennenlernphase wird er jeden Ihrer Wünsche nicht nur erfüllen, sondern bereits im Voraus kennen. Deshalb raten wir normalerweise auch zu einem rechtzeitigen Kauf. Damit Sie bis Weihnachten perfekt aufeinander eingespielt sind. Aber bei Ihnen dürfte das kein Problem sein. Sie haben so eine soziale Ausstrahlung …«

»Ja, nicht? Das finde ich auch. Und wundere mich, dass andere sie nicht entdecken.«

»Menschen eben. Unser WI2412 hat eine Antenne für so etwas. Überhaupt ist er ein wundervoller Kommunikator. Mit der Sensortaste können Sie von sachlich-formell bis familiär-intim jeden Grad zwischenmenschlicher Vertraulichkeit wählen.«

»Ich muss schon sagen, das klingt wirklich verlockend. Was soll er denn kosten?«

»In der Basisversion können Sie zwischen ›Typ Lametta‹ oder ›Typ Strohstern‹ wählen, da bieten wir ein Leasingsystem an. Ich sag immer: Auch nicht teurer als ein Jahresvorrat Marzipankartoffeln, haha.«

»Ich mache mir nichts aus Marzipan.«

»Muss ja auch nicht, muss ja nicht. Individuelle Sonderanfertigungen sind übrigens ebenso möglich. Wir modellieren Ihren Willi zum Beispiel nach Vorlage bekannter Persönlichkeiten. Warum nicht mal mit einem König Weihnachten feiern?«

»Nein danke, ich bin keine Royalistin.«

»Dann eben nach dem Foto eines lieben entschlafenen Verwandten. Gern genommen wird auch das Set ›Happy Familiy‹. Da erhalten Sie gleich drei *Personal Celebrators*, die ganz hervorragend miteinander harmonieren. Wir können sie so programmieren, dass Sie selbst sich aus sämtlichen Gesprächen heraushalten können.«

»Sogar, indem ich das Zimmer wechsle?«

»Aber ja, Sie dürfen sich ganz wie zu Hause fühlen in Ihrem Zuhause. Völlig ohne lästige Konventionen.«

»Ich glaube, das wäre wirklich etwas. Aber ich versuche es erst mal mit einem. Sofort eine ganze Familie, darauf bin ich nicht vorbereitet.«

»Sicher, Sie haben recht. Man will ja nicht wie die Jungfrau zu Kindern kommen … haha.«

»Eine Sache ist da noch. Ich mag es gern authentisch, und da frage ich mich: Weiß der Personal … weiß der Willi denn auch, was Weihnachten ist? Also kennt der auch Emotionen?«

»Natürlich. Das ist es ja gerade. Unser *Personal Celebrator* kennt alle Emotionen des Menschseins, er kann sie jedoch besser kontrollieren. Unangemessene Gefühlsausbrüche haben Sie also nicht zu befürchten. Einige Standardweihnachtslieder gehören auch zu seinem Repertoire: ›Last Christmas‹, ›Stille Nacht‹ und ›Leise rieselt der Schnee‹ sind vorprogrammiert.«

»Wissen Sie was? Lassen ihn gleich da. Ich habe ein gutes Gefühl. Beinah, als würde er sich wohlfühlen bei mir, kann das sein? So schnell?«

»Absolut. Er hat sie bereits in seine Festplatte geschlossen. Die Rechnung schicken wir Ihnen – frohe Festtage Ihnen beiden!«

Einige Tage nach dem Fest

Sehr geehrte Damen und Herren,

hiermit möchte ich meine Zufriedenheit mit dem Erwerb Ihres WI2412 (»Willi«) zum Ausdruck bringen. Er funktioniert ausgesprochen menschlich. Einige kleine Reklamationen habe ich allerdings: Als er »Last Christmas I gave you my heart« sang, fühlte ich mich emotional etwas bedrängt. Dafür hatte er zum Glück Verständnis und zog sich in die Küche zurück. Gekocht hat er ganz ordentlich, nur der Zimt im Kartoffelsalat hat mich überrascht. Die Bescherung inszenierte er etwas zu realistisch. Mein »Ich brauche doch nichts« hat er beim Wort genommen. Der Gabentisch blieb leer. Überhaupt neigt er dazu, Dinge allzu wörtlich zu interpretieren: »Leise rieselt der Schnee« hat er durchaus stimmungsvoll intoniert, als er jedoch die Sofaecke unter einer Decke feinkörnigem Schneedekor begrub, hätte ich ihn gern abgeschaltet, aber er wiederholte nur: »Das Programm ist noch nicht beendet.« Gut, dass es kein echter Schnee war. Mein Saugroboter hat sich gleich ans Werk gemacht. Wie sich herausstellte, sind die beiden miteinander kompatibel. Das nächste Weihnachtsfest wollen sie gemeinsam verbringen. Ohne mich. Ich würde das sicher verstehen.

Frohes neues Jahr!

21. Wintersonnenwende

Nachdem Maria 367 Jahre lang in der Kirche St. Hubertus über dem linken Seitenaltar den Leichnam ihres erwachsenen Sohnes gehalten hat, tut ihr der Rücken weh. Sie ändert die Sitzposition, soweit es die schmale Bank, auf die man sie gesetzt hat, zulässt. Aber der Spielraum ist zu klein. Also versucht sie, in den Schmerz hineinzuatmen, wie sie es gelernt hat. Sie lenkt sich mit einer Partie Ich-sehe-was-das-du-nicht-siehst ab. Das Spiel erschöpft sich schnell, wer 367 Jahre am selben Ort rumhängt, hat einfach alles gesehen.

Als nichts hilft, fasst Maria ihr Herz, legt ihr totes Kind behutsam zur Erde und steht auf.

Ein Raunen geht durch die alten Gemäuer.

Maria reckt sich. Die Heiligen staunen, wie groß sie ist. »Was hat sie vor, was wird sie tun?«, wispern sie. Sie sind Veränderung nicht gewohnt.

»Ich zeige euch, was ich tun werde«, sagt Maria, die jetzt auch ihre Sprache wiederentdeckt. Sie nimmt die Blumen vom Altar und streut sie auf den nackten

Boden. Nelken, Veilchen, Vergissmeinnicht. Zärtlich legt sie den Sohn auf das Blütenbett.

»Darf sie das?«, flüstern die Heiligen.

Maria beachtet sie nicht. Sie beugt sich zu ihrem Kind und nimmt seine Hand. Sie ist kalt, aber Marias Hand ist warm, als sei sie gerade zum Leben erweckt. Dann beginnt sie, ein letztes Mal ein Wiegenlied zu singen. Ihre Stimme kratzt ein bisschen. Wie das eben ist bei Dingen, die lange nicht genutzt wurden. Die Heiligen lauschen. Dann ist Stille.

Maria erhebt sich. Das Licht steht an seinem höchsten Punkt, es fällt durch die Kirchenfenster und malt bunte Flecken auf den Steinboden und auf ihr Kleid. Auch die Heiligen bekommen was ab.

Maria atmet dreimal ein und dreimal aus. Dann wendet sie sich um und geht. Sie öffnet die schwere Tür und tritt hinaus ins Freie.

»Wohin will sie?«, rufen die Heiligen ihr hinterher.

»Ich will leben«, sagt sie, und Petrus, der Himmelshüter, schüttelt den Kopf. »Das müssen die Wechseljahre sein.« Aber Maria hört ihn schon nicht mehr.

Draußen schüttelt sie den Staub der Jahrhunderte von ihrem Kleid. Vielleicht wird sie sich Hosen kaufen. Vielleicht wird sie ihre Geschichte aufschreiben. Vielleicht wird sie sich verlieben. Vielleicht wird sie in einen Bauwagen ziehen und Schafe hüten. Aus alter

Verbundenheit. Vielleicht aber auch nicht. Sie wird sehen. Sie ist frei.

Eine Taube fliegt vorbei und wirft ihr einen Ölzweig zu.

Weihrauch
Myrrhe
Gold
Taschen-
lampe
Ladegerät
KING

22. Weihnachtsbesuch

»Hast du das Gold?«, fragt Balthasar und packt vorsichtshalber noch ein paar Extrasocken ein. Könnte ja kalt werden unterwegs. Der alljährliche Weihnachtsbesuch in Bethlehem steht vor der Tür, und die Könige packen ihre Koffer.

Melchior schüttelt den Kopf. »Kein Gold. Das Paket ist noch unterwegs. Verzögerungen in der Lieferkette. Du weißt, wie das ist.«

Balthasar seufzt sehr tief: »Wieder in letzter Minute bestellt. Nach all den Jahrhunderten müsstest du wirklich gelernt haben, dass Weihnachten nicht soo plötzlich kommt. Und nun?«

»Nimm halt was anderes«, schlägt Caspar vor. »Ich finde es ohnehin Quatsch, einem Baby was zu schenken. Das freut sich mehr über den Karton als über dessen Inhalt.«

»Ich soll Jesus einen Karton schenken?« Melchior fläzt sich auf dem Sofa und sieht wenig abreisebereit aus. »Du hast ohnehin gut reden mit deiner Myrrhe. Weiß doch sowieso keiner, wie die aussieht. Genauso gut könntest du im Garten ein Büschel Löwenzahn pflücken.«

»Leute«, ruft Balthasar, »wir müssen los, wenn wir rechtzeitig ankommen wollen.«

Melchior zieht die Dose mit den Lebkuchen zu sich heran. »Wir haben es bisher immer pünktlich geschafft. Außerdem brauchen wir dieses Mal nun wirklich nicht den Abstecher über Herodes zu machen. Ich kann seine schlechte Laune nicht ertragen.«

»O ja, bloß nicht«, stöhnt Caspar. »Der wittert wirklich überall Verschwörungen. Fürchterlich.«

»Ihr werdet es ja wohl einmal im Jahr schaffen, die heiklen Themen auszusparen. Herodes gehört dazu. Basta.« Balthasar wischt ein letztes Mal über die Arbeitsplatte. »So, fertig. Also: Dann muss es dieses Jahr eben ohne Gold gehen. Wir haben Myrrhe, wir haben Weihrauch. Besser als nichts.«

Melchior verdreht die Augen. »Wir leben nicht mehr anno dazumal. Ich fürchte, die Leute im 21. Jahrhundert werden das anders sehen.«

»Fürchte dich nicht«, ruft der Engel.

»Du bist noch nicht dran«, ruft Melchior zurück. »Im Ernst: Sie werden enttäuscht sein. Das ist so eine Krankheit dieses Jahrhunderts. Die existenzielle Enttäuschung. Die Menschen meinen, nicht das zu bekommen, was ihnen zusteht.«

»Früher hat man sich noch über einen Apfel gefreut«, wirft Caspar ein.

»Ach, die alte Leier.« Melchior schüttelt den Kopf. »Früher hätte auch jeder, der es gekonnt hätte, den Apfel gegen ein Stück Gold getauscht. Konnte aber nicht jeder. Also hat man genommen, was übrig bleibt.«

Balthasar guckt demonstrativ auf seine Uhr.

»Ist die neu?«, fragt Melchior.

»Weihnachtsgeschenk an mich selbst«, murmelt Balthasar. »Aber das tut jetzt nichts zur Sache. Ihr redet zu viel. Reden könnt ihr auch unterwegs.«

Melchior beißt in ein Lebkuchenherz und nuschelt: »Ich habe keine Lust.«

»Bitte was? Seit wann geht das hier nach dem Lustprinzip?«

»Das macht jetzt jeder so«, erklärt Melchior und angelt sich ein weiteres Herz. »Das nennt man Lebensgestaltungsfreiheit.«

»Tja«, sagt Caspar. »Und was willst du stattdessen tun?«

»Das weiß ich noch nicht. Vielleicht häkeln. Ich hatte schon immer eine kreative Ader.«

»Wenn das so ist«, sagt Caspar, »dann bleibe ich auch hier. Reicht doch, wenn einer von uns an der Krippe aufkreuzt. Downsizing. Liegt im Trend. Wir können ja rotieren. Nächstes Jahr bin ich dran.«

Balthasar atmet tief ein. »Hier rotiert überhaupt keiner. Wir haben einen Job zu erledigen. Auf jetzt! Melchior, du packst dein Häkelzeugs ein, und unterwegs besorgen wir noch ein Buch. Ich nehme meinen Weihrauch mit!«

»Deinen Weihrauch will auch keiner mehr!«

»Was?«

»Die haben doch alle irgendwelche Allergien. Und dann hängt in jedem Zimmer ein Rauchmelder. Vielleicht entscheidest du dich lieber für eine Dose Raumspray.«

»Schluss jetzt«, donnert Gott, weil die Zeit langsam wirklich drängt. »Ihr geht jetzt los!«

Und so begab es sich, dass da kamen Weise aus dem Morgenland und fanden das Kindlein mit Maria, seiner Mutter, und taten ihre Schätze auf und schenkten ihm »Das Einmaleins der Lebenskunst«, einen halb fertig gehäkelten Teewärmer und ein Duftspray Sorte Blütentraum. Und Josef flüsterte zu seinem Weibe: »Lass dir den Bon geben, das tauschen wir um.«

23. Macht hoch die Tür. Revolution der Tiere

»Pst«, macht der Fuchs, »heute Abend Treffen mit allen. Bei der großen Tanne.«

Der Hase legt den Kopf schief. »Echt?« Beim Fuchs weiß man nie, ob es eine Falle ist.

»Echt«, sagt der Fuchs und ist ein bisschen gekränkt. Heute ist er nämlich in humanitärer Mission unterwegs. Da braucht man Verbündete. Die Enten kommen. Alle 53 Feldmäuse sind da. Die Wiesel, die Rehe mit ihren Kitzen, eine Rotte Wildschweine, ein zugezogener Wolf, Meisen, Eichelhäher, Eule, sogar der Luchs taucht auf, den die meisten bisher für ein Phantom gehalten haben, weil er so scheu ist. Die ganze Tierfamilie trifft sich an diesem Abend vor Weihnachten, und es soll Friede sein. Keine Beute für irgendwen.

»Freundinnen«, ruft die Eule, »Freunde! Wir sind zusammengekommen, um uns zu solidarisieren. Mit unseren Schwestern und Brüdern in Gefangenschaft!«

Ein Raunen geht durch die Menge. »Wie gut sie reden kann«, seufzt die Maus. »Wenn sie bloß nicht so einen spitzen Schnabel hätte …«

»Unsere Artgenossen, die sogenannten Nutztiere, leben in unhaltbaren Zuständen! Käfige hindern sie am Laufen. Man kürzt ihre Flügel, damit sie nicht wegfliegen. Schwänze werden abgeschnitten, Hörner gebrochen. Junge von ihren Müttern getrennt.«

Auf der Lichtung ist es mucksmäuschenstill. »Warum tun die Menschen das?«, piepst eine Meise.

»Um sie zu schlachten und zu braten und zu frittieren und zu fressen«, erwidert die Eule. »Morgen ist der schwärzeste Tag im Jahr für unsere Artgenossen. Millionen Schwestern und Brüder landen auf den üppigen Tafeln der Menschen. Gänse, Puten, Lämmer. Das darf so nicht weitergehen. Das müssen wir stoppen!«

»Bravo«, ruft der Wolf, weil ihm der Verzehr von Lämmern seitens der Menschen schon immer ein Dorn im Auge war.

»Nun, nun«, wendet der Rabe ein, der bekannt für seine Klugheit ist. »Wir leben auch nicht nur von Gras allein.«

»Wohl«, ruft das Reh, das seit jeher eine entschiedene Kämpferin für Veganismus war.

»Jedenfalls nicht alle«, fährt der Rabe fort, der hin und wieder nichts gegen ein Küken einzuwenden hat.

»Aber wir sperren niemanden ein. Wir fesseln nicht. Wir quälen nicht. Wir kennen das Maß.«

»Jedenfalls die meisten von uns«, ergänzt die Eule mit einem strengen Seitenblick auf den Fuchs. »Wir fressen, weil wir fressen müssen. Die Menschen, weil sie es können. Sie sind gierig. Sie kriegen den Hals nicht voll. Sie sind bequem. Müssten sie ihren Braten selber jagen, würden sie verzweifeln. Und darum werden wir unsere Geschwister befreien!«

»Hurra«, applaudieren die Otter, und die Bienen summen Beifall.

»Hurra!«, ruft auch der Fuchs, »ich übernehme die Hühner!« Zum Glück geht das im allgemeinen Geheul unter.

»Selbstverständlich gehen wir konzertiert vor«, fährt die Eule fort. »Wir müssen die Wärter überrumpeln. Die meisten von ihnen werden Weihnachten feiern. Unser Angriff beginnt also zur besten Bescherungszeit. Wir platzieren uns an den Türen, Toren, Gattern. Haken und Schlösser öffnen die Elstern. Der Fuchs kundschaftet die Zäune nach kleinsten Lücken aus. Die Maulwürfe graben Fluchttunnel. Wo nichts hilft außer rohe Gewalt, kommen die Wildschweine zum Einsatz. Unsere Parole: Tofuschnitzel.«

Und so geht in der Heiligen Nacht ein Trippeln und Trappeln, ein Rascheln und Rauschen über alle Welt. Tore werden aufgetan, Riegel werden abgerissen, Schlösser geöffnet. Hühner treten aus ihren Käfigen. Schafe machen sich über Vorgärten her. Schweine erschnüffeln die Freiheit. Die Menschen dagegen sind so sehr mit den toten Artgenossen beschäftigt, dass sie von alldem nichts mitbekommen. »Zum letzten Mal«, wispern die Tiere, »macht hoch die Türen, es lebe die Freiheit!«

Erst am Morgen werden die leeren Ställe entdeckt. Aber da sind die Tiere längst schon über alle Weiden.

Einige von ihnen handeln aus sicherer Distanz bessere Arbeitsbedingungen aus und kehren zurück. Andere freunden sich mit den Lebensumständen der Wildnis an. Manche fallen dem Wolf zum Opfer, aber auch der ist irgendwann satt. Einige Tiere begeben sich in den Ruhestand und sterben aus. Von wieder anderen hört man nie wieder etwas. Gerüchten zufolge soll es Karrieren im Zirkus oder auf dem Laufsteg geben. Eine Kuh soll es sogar zur Miss Universum gebracht haben. Aber wahrscheinlich ist das nur ein Gerücht. Andererseits: Warum nicht? Sie ist so frei.

24. Herberge 2.0

Am ersten Sonntag im Dezember ist im Himmel nichts wie sonst. Ein Rauschen geht durch die Luft. Etwas Großes wird geschehen. Helle Aufregung herrscht unter den Engeln.

»Habt ihr gehört? Gott in seiner allumfassenden Weisheit hat beschlossen, dass es an der Zeit ist, mehr Himmel auf die Erde zu bringen. Stellt euch vor: Der Höchste kommt wieder zur Welt. Jesus bekommt ein Geschwisterchen.«

»Na, das wird aber auch wirklich Zeit. Die da unten können wirklich etwas Unterstützung brauchen … Wo wird er denn dieses Mal geboren? Afghanistan? Washington? Frankfurt/Oder?«

Der Presseengel, der normalerweise über alles Bescheid weiß, wiegt den Kopf: »Das weiß man noch nicht. Heutzutage legt man die Dinge nicht mehr einfach so fest. Nicht mal Gott. Deshalb wird es eine Ausschreibung geben.«

Und so geht am Nachmittag folgende Pressemitteilung um die Welt:

Herberge gesucht. Geeigneter Platz für eine Heilige Familie samt neugeborenem Säugling. Haustiere sind vorhanden. Mit Besuch (auch aus Nachbarländern) ist zu rechnen.

Unter den Engeln gibt es Vorbehalte: »Ob sich da wer meldet …?«

Der Presseengel ist optimistisch: »Selbstverständlich. Immerhin kommt Gott selbst. Das bedeutet das Ende aller Kriege. Liebe für alle! Die Wölfe werden bei den Lämmern liegen und Wutbürger werden mit Engelszungen sprechen. Die Zuversicht wird regieren. Mitmensch zu sein wird kinderleicht! Das sind doch fantastische Aussichten!«

Doch schon bald treffen die ersten Absagen der Außenministerien ein. Die USA schreibt: »Wir bedauern die prekäre Lage des Allerhöchsten, nehmen aber grundsätzlich keine Flüchtlinge auf.« Der Kreml lässt verlautbaren. »Wir fordern die Hälfte des Territoriums ›Himmel‹. Im Gegenzug nehmen wir den Säugling auf.« Chinas Volkskongress beschließt mit 120 Prozent, sich nicht in religiöse Belange einzumischen, da das zu Sicherheitsproblemen führen könne. Und aus Brüssel kommt die Nachricht: »Wir verweisen auf die Drittstaatenregelung. Danach ist der Staat zuständig, dessen Boden die Schutz suchende Person zuerst betreten hat.

Bitte teilen Sie uns den genauen Ankunfts- und Aufenthaltsort Gottes mit.«

Auf der gesamten Welt scheint es keinen Platz für Gott zu geben.

Damit hat selbst der skeptischste Engel nicht gerechnet. »Man sollte doch meinen, die Leute seien nach 2000 Jahren klüger geworden. Und jetzt? Wo bringen wir Gott jetzt unter?«

Die Zeit drängt, ein Krisenstab wird gebildet: »Also: Wir brauchen eine Herberge. Was können wir tun?«

Man versucht, sich in das Denken in irdischen Kategorien hineinzufinden. »Wir müssen dezentraler vorgehen. Die Regierungen sind mit so vielen Dingen beschäftigt. Was ist mit dem Hotel- und Gaststättenverband? Die werden doch wohl kein zweites Mal ablehnen …«

Man tätigt einige Anfragen, und zeitnah folgen die Angebote: *Vielen Dank für Ihre unverbindliche Buchung. Wir würden uns freuen, Sie in unserem Familienzimmer zum Preis von 257 Euro pro Nacht begrüßen zu dürfen. Besucher sind zum Tagessatz von 80 Euro willkommen, die Benutzung unseres Wellnessbereichs ist nicht inkludiert.*

Der oberste Engel des Krisenstabs wundert sich: »Verstehe ich das richtig? Gott soll zahlen? Das scheidet ja wohl aus. Was haben wir noch?«

Der Presseengel blättert in einem dicken goldenen Buch, in dem er jedes Schreiben sorgfältig abheftet. Im Himmel geht nichts verloren. »Hier gibt es noch ein Angebot einer Kita: *Liebes Jesus-Geschwisterchen, du bist bei uns herzlich willkommen! Wir haben eine Kuschelecke und einen Stall mit echten Kaninchen. Unsere Mahlzeiten sind von Anfang an vegan. Du wirst dich wundern, wie gut unsere Sellerie-Gummibärchen schmecken!*«

Der Krisenstab will schon in Jubel ausbrechen, aber der Presse-Engel ist noch nicht fertig: »*Bitte beachten Sie unsere durchschnittliche Wartezeit von 18 Monaten. Wir setzen Sie gern auf unsere Platzwunsch-Liste.*«

»Ja, aber für Gottes Kind werden die doch bestimmt eine Ausnahme machen …«, protestieren die Engel.

Der Presseengel schüttelt den Kopf: »Klingt nicht so. Hier steht: *Bitte sehen Sie davon ab, uns anzurufen. Wir bringen unseren Kindern Gerechtigkeit bei und bevorzugen deshalb grundsätzlich niemanden.*«

Auf der Erde hat es zu schneien begonnen. Die Menschen erledigen die letzten Einkäufe fürs Fest. In den Kirchen laufen die Vorbereitungen für die Krippenspiele auf Hochtouren. Bauern vermieten ihre Ställe. Bläsergruppen proben »Macht hoch die Tür, die Tor macht weit«.

Im Himmel ist die Atmosphäre angespannt. Wohin mit dem Kind?

»Die Geschichte kommt mir irgendwie bekannt vor«, murmelt der Chef des Krisenstabs. »Was ist mit den Kirchen? Wenn jemand zuständig ist, dann doch wohl sie. Haben die sich denn noch gar nicht gemeldet?«

Der Presseengel wühlt in einem großen Stapel Post. Das himmlische Ablagesystem ist in den letzten Tagen an seine Grenzen gestoßen. »Doch, hier. Die Katholiken fragen, ob die Mutter Jungfrau ist.«

»Wie indiskret. Und die Evangelischen?«

»Sind grundsätzlich offen, wollen aber erst diskutieren. Auf Synoden und in Steuerungsgruppen.«

»Da können wir mit einer Entscheidung nicht vor 2050 rechnen. Haben wir noch irgendwelche anderen Kirchen?«

Der Presseengel blättert weiter: »Eine Freikirche wäre bereit, eine Krippe aufzustellen und ein Musical zu schreiben, sofern sich Gott wortgetreu an die Prophezeiungen der Bibel hält.«

»Aber die sind über tausend Jahre alt! Darf Gott sich denn nichts Neues einfallen lassen?«

Der Presseengel schüttelt den Kopf. »Ist nicht vorgesehen.«

Die Engel lassen ihre Flügel hängen. Nachdenklich sehen sie auf die Erde. Dicke Flocken fallen hinab. In einem kleinen Städtchen namens Delmenhorst wird gerade ein Weihnachtsbaum mit roten Plastiksternen geschmückt.

»Wir müssen die Sache anders angehen«, sagt der Jüngste aller Engel. »Vergesst die Briefe und offiziellen Anfragen. Geht zu TikTok, postet auf Instagram. Legt ein Tinder-Profil an. Selbst auf Facebook sind noch Leute.«

Und weil auch Engel lernfähig sind, posten sie die Hashtags #herbergegesucht und #gottkommt. In den ersten vier Stunden gibt es 1,7 Millionen Klicks und 280 konkrete Angebote. »Seht ihr?«, sagt der jüngste Engel und klickt sich durch die Nachrichten. »Hier, Like27 schreibt: *Hallo, kann Mutter und Kind ein halbes Zimmer anbieten.*«

Die anderen Engel sagen, er möge fragen, was mit dem Vater sei.

Die Antwort kommt schnell: »Sie will keinen ausländischen Mann im Haus, da wisse man ja nie. Scheidet also aus. Aber hier: Der Stadtrat von Middleton will das erwartete Kind zum Image-Influencer machen. Eine Dienstwohnung für die gesamte Familie wird ab dem siebten Lebensjahr gestellt.«

»Und bis dahin?«

Die Dämmerung senkt sich über die Dörfer und Städte, bis in der ersten Zeitzone der Welt schließlich der

Morgen des 25. Dezembers anbricht. Die Spannung steigt. Selbst die Menschen haben ihre anfängliche Reserviertheit aufgegeben und fiebern mit: Wo wird Gott zur Welt kommen?

Der Ökumenische Rat der Kirchen tippt auf Afrika: »Gott geht dahin, wo er am meisten gebraucht wird.«

»Moment, Moment«, protestiert die EU, »dieses Mal ist Europa dran!«

Andere tippen auf eine Geburt irgendwo im Niemandsland. Schließlich sei Gott staatenlos. Sondersendungen laufen in Dauerschleife. Überall auf der Welt warten Reporter.

Das erste Kind des Tages wird schließlich auf Samoa geboren. Es hat zehn Finger und sieht auch sonst aus, wie ein Baby eben aussieht. Da eine offizielle Verlautbarung des Himmels ausbleibt, will niemand sich festlegen, ob dieses Baby nun tatsächlich Gottes Kind ist. Bald darauf erblickt Sarah in Auckland das Licht der Welt. Dann Akiro in Japan. Runa in Bangladesch. Amin in Afghanistan. Adrian in Rumänien. Leila in Deutschland. Maria in Brasilien. Frederico, Émile, Olga, Bogdan, Chang, Lili … 216 325 Kinder erblicken an diesem Tag das Licht der Welt. Die meisten haben wenig Haare und kennen das Wort »Herkunft« noch nicht. Sie ähneln einander sehr. Über keinem von ihnen schwebt ein Heiligenschein. Ihre Zukunft steht noch in den Sternen. Nur eins ist sicher: In jedem einzelnen schlägt Gottes Herz. »Halleluja«, rufen die Engel und können endlich Weihnachten feiern.

Hallo, ich heiße Susanne. Wenn ich aus dem Fenster gucke, sehe ich drei Hühner. Was siehst du?

Liebe Grüße aus Hamburg, Deutschland.

Wenn ich rausgucke, sehe ich nichts, aber innen drin, sehe ich eine Riesensehnsucht, sie trägt ein T-Shirt mit einem fetten roten Herz. Ist das zu kitschig?

Chris from Queensland

Ich habe kein Fenster, aber ich sehe trotzdem was: eine Herde Rentiere, aber keinen Weihnachtsmann. Brauche ich auch nicht.

Bigga aus der Nähe von Giron,
(das ist weit oben im Norden)

Ich sehe schwarz. Schickt mir bitte einen Stern. Über mir ist viel Platz, weil der Himmel gerade so leer ist.

Viele Grüße von Herta aus Lichtenau

Ich sehe noch gar nicht so gut. Ich bin erst sieben Tage alt. Und schreiben kann ich auch nicht. Aber ich tue so als ob.

Baby Ava

Ich sehe die Hinterköpfe meiner Kollegen. Aber nur die oberen Hälften, wegen der Trennwände. Eigentlich müsste ich arbeiten, stattdessen schreibe ich diesen Brief. Verratet mich nicht ;-)

Chien-ming, Fubon Financial Holding Co., Taiwan

Ich sehe eine Laterne im Dunkel, die habe ich eben angezündet. Falls jemand vorbeikommen will. Ich habe frisch gebackene Maiskekse in der Dose. Nach Grandma's Rezept.

Shoanna, 110 Elmore Drive

Ich sehe eine zerschossene Wand. Sie gehörte mal zum Haus meiner Nachbarin. Hat jemand Steine zum Flicken?

Jeva, Butscha

Wenn ich aus dem Fenster gucke, sehe ich mein Spiegelbild. Eigentlich gefalle ich mir. Das denke ich nicht so oft. Eigentlich könnte ich das öfter denken, es fühlt sich nämlich gut an.

Johannes, in der Nähe von Graz

Ich sehe meine Schwester. Sie ist die Beste. Jetzt kommt sie, um mich zu küssen. Deshalb kann ich nicht weiterschreiben.

Danny, Managua

Ich sehe einen Topf mit rosa Blüten. Sie wachsen hier gerade überall. Ich streue ein bisschen Sommer für alle, bei denen gerade Winter ist.

Lesedi, Kapstadt

Ich sehe eine Pinnwand mit einer langen Liste, was alles noch gemacht werden muss. Vielleicht können wir das aufteilen?

Liebe Grüße von Stefanie aus Jena

Wenn ich aus dem Fenster sehe, ist da ein Gitter. Aber dazwischen sehe ich Wörter, die aus Freiheit gemacht sind. Sagt sie bitte weiter.

Luan, Zelle 117

Draußen sehe ich die Weihnachtsbeleuchtung am Balkon gegenüber. Ich schaffe es dieses Jahr nicht zu schmücken. Heute habe ich gedacht: macht nichts. Gegenüber reicht es für zwei.

Lucia, Bilbao

Ich schaue aus dem Fenster, ob die Postbotin kommt. Sie kommt immer gegen halb elf. Vielleicht bringt sie einen Brief?

Samira, irgendwo

© *privat*

Susanne Niemeyer hält von ihrem Schreibtisch Ausschau nach dem Himmel. Sie hat mehrere Bücher veröffentlicht und bloggt auf *www.freudenwort.de*. Während ihrer Schreibreisen nach Schweden, in die Berge und ans Meer inspiriert sie andere dazu, eigene Geschichten zu schreiben. Im Advent hätte sie gern ein Schaf an ihrer Seite.

© *privat*

Nina Hammerle sammelt Stifte, Farben und Lieblingswörter, schon seit fast immer. Da passt es ganz gut, dass sie auch gern zeichnet – meistens für Bücher, manchmal für Wände und ab und zu nur so.

Zur Weihnachtszeit trinkt sie liebend gern Honigmilch aus roten Tassen und umwickelt alles (außer den Hund) mit goldgelben Lichterketten.

Inhalt